톡톡 튀는 1318 세대를 위한 삶의 지혜 시리즈

채근담

톡톡 튀는 1318세대를 위한 삶의 지혜시리즈

채근담

초판인쇄일 2001년 5월 10일
초판발행일 2001년 5월 15일

엮은이 · 청소년을 위한 고전 연구회
원고기획 · 한성출판기획
펴낸이 · 김철수
펴낸곳 · 도서출판 지원클럽

등록번호 · 제 10-1371호. / 1996년 12월 3일
주소 · 서울시 마포구 상수동 231번지 호수빌딩 301호
전화 · (02)322-9822~5 / 팩스 · (02)322-9826

값 6,000원

ⓒ 2001. Printed in Korea
ISBN 89-86717-63-8 03800
* 잘못된 책은 바꾸어 드립니다.

톡톡 튀는 1318 세대를 위한 삶의 지혜 시리즈

채근담

청소년을 위한 고전 연구회 엮음

지원북클럽

머리말

'고전(古典)' 하면 "아휴, 따분해." 하며 그저 고리타분하고 재미 없는 책이라고만 생각하고 있지는 않나요?

고전은 말 그대로 오래도록 사라지지 않고 널리 읽히는 책입니다. 그 속에 담긴 지혜는 얼른 알아챌 수는 없지만 세월이 지날수록 그 진가를 발휘하는 힘을 가지고 있습니다.

동양 사상의 정수로 손꼽히는 채근담(菜根譚)은 중국 명(明)나라 때 홍자성(洪自誠)이라는 이가 자신의 체험을 바탕으로 지은 책입니다. 평범한 우리네 삶에 가장 밀접한 생활 철학서로 첫손에 꼽히는 책이지요.

짧고도 간결한 아름다운 글들로 이루어진 채근담에는 유가, 도가, 불가의 가르침에서 얻은 깊이 있는 삶의 지혜가 듬뿍 담겨 있습니다.

제목처럼 '나물 뿌리를 씹듯이' 담담하고 겸손한 마음으로 읽어 나간다면 청소년 여러분이 한층 성숙한 삶을 살아가는 데 도움을 줄 것입니다.

이 책은 원전 채근담의 글들을 '젊은 날의 자기 수양', '세상 사는 지혜', '타인과의 관계', '자연에서 찾은 지혜'로 크게 네 갈래로 나누어 엮고 읽기 좋게 문장을 다듬어 청소년 여러분에게 고전 읽는 즐거움을 알게 해줄 것입니다.

읽으면 읽을수록 새록새록 참신한 맛이 더해지는 고전의 세계로 청소년 여러분을 초대합니다.

청소년을 위한 고전 연구회

제1부

젊은 날의 자기 수양

제2부

세상 사는 지혜

제3부

타인과의 관계

제4부

자연에서 찾은 지혜

채근담

제1부

젊은 날의 자기 수양

1
충고는 덕을 쌓고 행실을 닦는 숫돌이 된다

이중 상문역이지언 심중 상이불심지사
耳中에 常聞逆耳之言하고 心中에 常有拂心之事하면

재시진덕수행적지석
纔是進德修行的砥石이라.

약언언열이 사사쾌심 변파차생 매재짐독중의
若言言悅耳하고 事事快心이면 便把此生을 埋在鴆毒中矣라.

해석 귀로 항상 거슬리는 말을 듣고 마음속에 항상 걸리는 일이 있으면, 이는 덕을 쌓고 행실을 닦는 숫돌이 된다. 그러나 만약 듣기 좋은 말만 듣고, 일어나는 일마다 마음을 흡족하게 한다면 이는 목숨을 독약으로 죽이는 것과 마찬가지다.

♣ 한자 익히기

常:항상 상, 떳떳 상 　聞:들을 문 　逆:거스릴 역 　拂:거스릴 불
纔:겨우 재 　砥:숫돌 지 　悅:기쁠 열 　便:문득 변 　把:잡을 파
埋:묻을 매 　鴆:짐새 짐 　毒:독 독

♣ 뜻풀이

*逆耳之言(역이지언):귀에 거슬리는 말, 충고
*拂心之事(불심지사):마음에 걸리는 일 　*進德(진덕):덕성을 기름
*修行(수행):행실을 닦음, 수양 　*砥石(지석):칼을 가는 숫돌
*悅耳(열이):귀를 기쁘게 함. 듣기 좋은 말 　*快心(쾌심):마음이 흡족함
*鴆毒(짐독):짐새의 털을 술에 담가 만든 독. 옛날에는 흔히 이 독으로 사람을 죽였음

나를 칭찬만 해주는 사람은 나를 해치는 사람이며, 나를 꾸짖는 사람은 나의 스승이라고 했다. 그러므로 귀에 거슬리는 충고를 자주 해주는 친구를 가진 사람은 행복한 사람이다.

조선 현종 때 대학자 송시열 선생은 복어를 몹시 좋아하였다. 하루는 어떤 집에 제자들과 함께 초대되어 식사를 하게 되었는데, 그 집에서는 그의 식성을 아는지라 복어국을 끓였다. 송시열이 막 복어에 손을 대려 할 때 제자 한 사람이 말했다.

"선생님, 복어는 자칫 잘못하면 사람의 목숨을 빼앗습니다. 군자가 배를 불리기 위해 그런 위험을 무릅써야 되겠습니까?"

그 말을 들은 송시열은 들었던 복어를 내려 놓으며 이렇게 말했다.

"그대 말이 참으로 옳다. 내가 미처 그 생각을 못했었네."

2
깊은 밤 홀로 사색하라

야심인정   독좌관심   시각망궁이진독로
夜深人靜에 獨坐觀心하면 始覺妄窮而眞獨露하니

매어차중   득대기취
每於此中에 得大機趣라.

기각진현이망난도   우어차중   득대참뉵
既覺眞現而妄難逃하면 又於此中에 得大慚忸이라.

[해석] 밤이 깊어 인적이 없어 고요할 때 홀로 앉아 사색에 잠기면 망령된 생각이 사라지고 진심이 드러나게 되니, 매번 이런 가운데 큰 기취(機趣)를 얻게 된다. 이미 진심이 드러났거늘, 망령된 생각이 사라지지 않는 자신을 발견한다면 자기 자신을 부끄럽게 여기는 마음이 깊어질 것이다.

♣ 한자 익히기

靜:고요할 정, 편안할 정　覺:깨달을 각　妄:망령될 망　窮:다할 궁
露:드러날 로, 이슬 로, 가쁠 로　現:나타날 현　逃:도망할 도
慚:부끄러울 참　忸:부끄러울 뉵

♠ 뜻풀이
*觀心(관심):마음을 살펴봄. 사색에 잠기는 것
*妄窮(망궁):망령된 생각이 다 없어짐
*機趣(기취):기미와 취향
*眞賢(진현):진심이 드러남
*慚忸(참뉵):부끄러움

17

3
일이 뜻대로 안 된다고 포기하지 말라

> 은리　　유래생해　　고　　쾌의시　　수조회두
> 恩裡에 由來生害라 故로 快意時에 須早回頭하라.
>
> 패후　　혹반성공　　고　　불심처　　막변방수
> 敗後에 或反成功이라 故로 拂心處에 莫便放手하라.

해 석　은혜를 받는 가운데 해가 생기니 마음이 상쾌할 때 일찌감치 머리를 돌려라. 그리고 실패한 후에 도리어 성공이 따른다. 그러므로 일이 뜻대로 안 된다고 해서 손을 떼지 말라.

♣ 한자 익히기

恩:은혜 은　裡:속 리　須:모름지기 수　敗:패할 패　功:공 공
莫:말 막　放:놓을 방

♠ 뜻풀이
*恩裡(은리):총애를 받는 가운데
*由來(유래):원래
*快意(쾌의):마음이 상쾌할 때. 뜻을 얻었을 때
*回頭(회두):고개를 돌려 외면하는 것
*拂心(불심):마음에 거슬리는 것. 즉, 마음대로 되지 않는 것
*放手(방수):손을 놓음. 손을 떼는 것

4
남을 이롭게 하는 것이 나의 이익이 된다

처세　　　양일보위고　　　퇴보　　　즉진보적장본
處世엔 讓一步爲高이니 退步는 卽進步的張本이요,

대인　　　관일분시복　　　이인　　　실리기적근기
待人엔 寬一分是福이니 利人은 實利己的根基니라.

해석 　세상살이에서 남에게 한 걸음 양보할 줄 아는 것이 고상하니, 물러서는 것은 곧 한 걸음 나아갈 토대가 되는 것이요, 남을 너그럽게 대하는 것이 복이 되니, 남을 이롭게 해주는 것은 실은 자기를 이롭게 하는 바탕이 되는 것이다.

♣ 한자 익히기

退:물러날 퇴, 겸양할 퇴　步:걸음 보　卽:곧 즉　進:나아갈 진
張:펼 장　待:대할 대　寬:너그러울 관　根:뿌리 근　基:터 기

♠ 뜻풀이

*處世(처세):세상을 살아가는 일
*爲高(위고):높게 여김
*一步(일보):한 걸음
*退步(퇴보):물러서는 것, 후퇴
*進步(진보):나아가는 것
*張本(장본):토대, 근본과 같은 말
*待人(대인):남을 대접함　*利人(이인):남을 이롭게 함
*利己(이기):자신을 이롭게 함　*根基(근기):근본, 바탕

5
지나치게 부지런하면 마음이 편안할 날 없다

우근   시미덕   태고즉무이적성이정
憂勤은 是美德이나 太苦則無以適性怡情하고,

담박   시고풍   태고즉무이제인이물
澹泊은 是高風이나 太枯則無以濟人利物이니라.

해석　매사에 근심하고 부지런한 것은 미덕이긴 하나, 너무 지나치면 마음이 편안할 수 없고, 담박한 생활은 높은 기개이지만, 그 또한 지나치면 사람을 돕거나 이롭게 할 수 없다.

♣ 한자 익히기

憂:근심 우, 그윽할 우　勤:부지런할 근　苦:괴로울 고　太:클 태, 지나칠 태　適:나아갈 적　性:성품 성　怡:기쁠 이　濟:건질 제　物:만물 물

♠ 뜻풀이
*憂勤(우근):걱정하고 부지런함
*美德(미덕):아름다운 덕성
*太苦(태고):지나치게 괴롭힘
*適性怡情(적성이정):타고난 성정에 따라 마음이 기뻐지는 것
*澹泊(담박):지조가 맑고 깨끗함
*高風(고풍):높은 기개
*濟人利物(제인이물):남을 구제하고 이롭게 함

6
총명함을 뽐내지 말라

부귀가　　의관후　　　이반기각　　시　　부귀이빈천기행의
富貴家는 宜寬厚어늘 而反忌刻이면 是는 富貴而貧賤其行矣니

여하능향　　　　총명인　　　의렴장　　　이반현요　　　시
如何能享이리오? 聰明人은 宜斂藏이어늘 而反炫耀하면 是는

총명이우몽기병의　　　　여하불패
聰明而愚懵其病矣니 如何不敗리오?

해석　부귀한 집안은 마땅히 너그럽고 후해야 하거늘, 도리어 남에게 각박하게 군다면 부귀하나 행실은 가난하고 천한 것과 마찬가지니, 어찌 그 부귀를 오래 누릴 수 있겠는가? 총명한 사람은 마땅히 그 재주를 감춰야 하거늘, 오히려 뽐내면 이는 곧 총명하나 어리석고 몽매한 병을 지닌 것이니, 그 어찌 실패하지 않을 수 있겠는가?

♣ 한자 익히기

寬:너그러울 관, 용서할 관　忌:꺼릴 기　刻:새길 각, 시각 각, 해할 각　賤:천할 천　賤:천할 천　享:누릴 향　聰:총명할 총　斂:거둘 렴　炫:밝을 현　耀:뽐낼 요, 빛날 요　懵:어리석을 몽　藏:감출 장　敗:패할 패

♠ 뜻풀이
*忌刻(기각):시기하고 각박하게 굶
*貧賤(빈천):가난하고 천박함　　*斂藏(렴장):걷어 갈무리함
*炫耀(현요):밝게 비춤, 뽐내는 것
*愚懵(우몽):어리석고 어쩔 줄 몰라 하는 것

7
독선이 마음을 해친다

> 이욕　　미진해심　　　의견　　　내해심지모적
> 利慾은 未盡害心이요 意見이 乃害心之蟊賊이라.
>
> 성색　　미필장도　　총명　　　내장도지번병
> 聲色이 未必障道요 聰明이 乃障道之藩屛이니라.

해석　이익을 탐하는 욕심이 모두 마음을 해치는 것이 아니라, 독선
적인 의견이 바로 마음을 해치는 좀벌레이다. 음악과 여색이 반드시
도를 가로막는 것이 아니라, 자신을 총명하다고 보는 생각이 바로 도
를 가로막는 장애물이다.

♣ 한자 익히기

盡:다할 진, 극진할 진　害:해할 해　蟊:벌레 모　聲:소리 성

障:가로막을 장　藩:울타리 번　屛:병풍 병

♠ 뜻풀이

*利慾(이욕):사사로운 이익을 탐하는 마음
*意見(의견):견해. 여기서는 독선적인 견해
*蟊賊(모적):곡물을 해치는 좀벌레
*聲色(성색):음악과 여색
*障道(장도):도를 가로막음
*藩屛(번병):울타리, 장애물

8
먼저 자신의 마음을 다스려라

> 항마자   선항자심   심복   즉군마퇴청
> 降魔者는 先降自心하라. 心伏하면 則君魔退聽이라.
>
> 어횡자   선어차기   기평   즉외횡불침
> 馭橫者는 先馭此氣하라 氣平이면 則外橫不侵이라.

해석　악마를 항복시키려는 자는 먼저 자신의 마음부터 다스릴 줄 알아야 한다. 마음을 잘 다스리면 악마는 물러갈 것이다. 남의 횡포를 제어하려면 먼저 자신의 혈기부터 제어해야 한다. 자신의 혈기를 평정하면 외부의 횡포는 침범하지 못할 것이다.

♣ 한자 익히기

降:항복할 항, 내릴 강　魔:마귀 마　伏:엎드릴 복　聽:들을 청
馭:다스릴 어　橫:가로 횡, 횡포할 횡　侵:침범할 침

♠ 뜻풀이
*降魔(항마):악마를 항복시킴
*退聽(퇴청):물러나 명령을 따름
*心伏(심복):마음을 다스림
*馭橫(어횡):횡포를 다 제압함
*此氣(차기):객기, 혈기
*氣平(기평):혈기, 객기가 평정됨
*外橫(외횡):외부로부터의 횡포

9
병은 볼 수 없는 곳에서 생겨난다

간수병 　　　 즉목불능시 　　　 신수병 　　　 즉이불능청
肝受病이면 則目不能視하고, 腎受病이면 則耳不能聽하니,

병수어인소불견 　　　　 필발어인소공견
病受於人所不見하여 必發於人所共見이라.

고 　　 군자 　　 욕무득죄어소소 　　　　 선무득죄어명명
故로 君子는 欲無得罪於昭昭어든 先無得罪於冥冥하라.

해석 　간에 병이 나면 눈이 보이지 않고, 신장에 병이 나면 귀가 들리지 않으니, 병은 사람이 볼 수 없는 곳에서 생겨 반드시 사람들이 볼 수 있는 곳에 나타난다. 그러므로 군자는 밝은 곳에서 죄를 얻지 않으려면 어두운 곳에서 죄를 짓지 말아야 한다.

♣ 한자 익히기

肝:요긴할 간, 간 간　目:눈 목　視:볼 시　耳:귀 이　受:받을 수
共:한가지 공　昭:밝을 소　先:먼저 선　冥:어두울 명

♣ 뜻풀이
*受病(수병):병을 얻다
*人所不見(인소불견):사람들이 볼 수 없는 곳
*昭昭(소소):환히 밝은 곳
*冥冥(명명):캄캄하게 어두운 곳. 남이 모르는 곳

ㅈㅐㅁㅣㅇㅆㄴㄴ ㅇㅣㅇㅑㄱㅣ

질병이 처음에는 남이 볼 수 없는 곳에서 발생하여 나중에는 여러 사람이 다 볼 수 있게 되듯이 남이 알 수 있는 죄를 짓지 않으려면 먼저 자신만이 아는 죄를 짓지 말아야 한다.

중국 후한 때 양진(楊震)은 청렴한 관리였다. 그가 고을에 부임하자 어떤 사람이 금 10근을 가져와 바치면서 아무도 모르니 받아두라고 하였다. 양진은 금을 돌려주면서 "왜 아는 사람이 없다고 하는가? 내가 알고 그대가 알고 하늘이 알고 땅이 안다."라고 하였다.

채
근
담

25

10
맑은 마음으로 독서하라

해석 맑은 마음으로 책을 읽어야 비로소 옛 현인들의 지혜를 배울 수 있다. 그렇지 않으면 독서로 얻은 지식을 자신을 이롭게 하는 무기로 삼고, 착한 행실을 듣고는 그것을 자신의 단점을 덮는 데 이용한다. 이는 바로 적에게 무기를 주고 도둑에게 양식을 주는 것과 마찬가지다.

♣ 한자 익히기

乾:마를 건, 하늘 건 淨:조촐할 정 讀:읽을 독 竊:훔칠 절
覆:덮을 부, 다시 복 假:빌 가 藉:빙자할 자, 도울 자 寇:도둑 구
齎:가질 재 糧:양식 량

♠ 뜻풀이
*心地(심지):마음의 바탕   *乾淨(건정):깨끗함
*濟私(제사):자기의 욕심을 채움
*覆短(부단):단점을 덮다
*藉寇兵而齎盜糧(자구병이재도량):적에게 무기를 빌려주고, 도둑에게 양식을 대어주다

11
좋은 말을 하고 좋은 일을 하라

춘지시화　　　　화상포일단호색　　　　조차전기구호음
春至時和하면 花尚鋪一段好色하고 鳥且囀幾句好音하니

사군자　　　행렬두각　　　부우온포　　　　불사립호언행호사
士君子가 幸列頭角하고 復遇溫飽하여 不思立好言行好事하면

수시재세백년　　　　　흡사미생일일
雖是在世百年이라도 恰似未生一日이라.

[해석] 봄이 와 화창해지면 꽃들도 온갖 색들로 뽐내고, 새들도 아름다운 곡조를 지저귄다. 선비로서 다행히 두각을 나타내어 따뜻이 입고 배불리 먹으면서도 좋은 말을 하고 좋은 일을 하지 않는다면 비록 1백년을 살아도 하루도 살지 않은 것과 마찬가지다.

♣ 한자 익히기

鋪:깔 포　囀:지저귈 전　幾:몇 기　飽:배부를 포　恰:비슷한 흡

♠ 뜻풀이
*時和(시화):화창한 계절
*好音(호음):좋은 노래
*士君子(사군자):덕을 닦은 선비
*頭角(두각):머리를 드러냄
*溫飽(온포):따뜻히 입고 배불리 먹음
*立好言(입호언):좋은 말을 함
*行好事(행호사):좋은 일을 함

채근담

27

12
명예욕과 객기를 버려라

명근미발자　　종경천승감일표　　총타진정
名根未拔者는 縱輕千乘甘一瓢라도 總墮塵情이요,

객기미융자　　수택사해리만세　　종위잉기
客氣未融者는 雖澤四海利萬世라도 終爲剩技니라.

해석　명예욕을 뿌리 뽑지 못한 사람은 비록 임금의 자리를 가볍게
여기고, 하찮은 음식을 달게 여기더라도 속세의 욕망에 빠진 것이며,
객기를 없애버리지 못한 자는 설령 천하에 은덕을 베풀고 세상을 이
롭게 할지라도 마침내는 쓸모없는 재주에 그칠 뿐이다.

♣ 한자 익히기

根:뿌리 근, 수레 근　拔:뽑을 발　縱:비록 종　輕:가벼울 경
乘:수레 승, 탈 승, 다스릴 승　瓢:표주박 표　塵:티끌 진　融:녹일 융
澤:혜택 택, 못 택, 윤택할 택　終:마침내 종　剩:남을 잉

♠ 뜻풀이
*名根(명근):명예에 집착하는 마음의 뿌리
*千乘(천승):제후. 임금
*一瓢(일표):한 표주박에 담은 하찮은 음식
*塵情(진정):속된 마음
*客氣(객기):쓸데없는 기개. 쓸데없는 용기
*四海(사해):온 세상　*剩氣(잉기):쓸데없는 재주

13
어두운 방에서도 푸른 하늘을 보는 마음

심체광명　　　암실중　　유청천
心體光明하면 暗室中에 有青天이요

염두암매　　　백일하　　생려귀
念頭暗昧하면 白日下에 生厲鬼니라.

해석 마음이 밝으면 어두운 방 가운데에도 푸른 하늘이 있고, 생각이 캄캄하면 훤한 대낮일지라도 악귀가 나타난다.

♣ 한자 익히기

體:몸 체　暗:어두울 암　室:방 실　青:푸를 청　昧:어두울 매

厲:사나울 려　鬼:귀신 귀

♠ 뜻풀이
*心體(심체):마음의 바탕
*光明(광명):밝음
*暗室(암실):어두운 방
*青天(청천):푸른 하늘
*念頭(염두):생각
*暗昧(암매):컴컴함, 어리석음
*白日(백일):밝은 대낮
*厲鬼(여귀):악귀, 마귀

14
말을 삼가고 재주를 뽐내지 말라

십어구중　　　미필칭기　　일어부중　　즉건우변집
十語九中이라도 未必稱奇나 一語不中이면 則愆尤騈集하며,

십모구성　　　미필귀공　　일모불성　　즉자의총흥
十謀九成이라도 未必歸功이나 一謀不成이면 則訾議叢興하나니

군자　　소이녕묵　　　무조　　영졸　　　무교
君子는 所以寧默이언정 毋躁하고 寧拙이언정 毋巧니라.

해석　열 마디 말 중에 아홉 마디가 맞더라도 신기하다고 칭찬하지 않지만, 한 마디 말이라도 맞지 않으면 원망의 소리가 사방에서 일제히 몰려온다. 열 가지 계획 중에서 아홉 가지가 성취되어도 공로를 그에게 돌리지 않으나, 한 가지 계획이라도 이루어지지 않으면 비난하는 말이 떼로 일어난다. 그러므로 군자는 차라리 침묵할지언정, 함부로 떠들지 않고 차라리 못난 체할지언정 재주를 부리지 않는다.

♣ 한자 익히기

中:맞을 중, 가운데 중 稱:일컬을 칭, 맞을 칭, 저울 칭 謀:꾀할 모
歸:돌아갈 귀 訾:헐뜯을 자 叢:무더기 총 躁:떠들 조 默:묵묵할 묵

♠ 뜻풀이
*十語九中(십어구중):열 마디 말 가운데 아홉이 맞다
*稱奇(칭기):기이하다고 칭찬함
*騈集(변집):사방에서 일제히 모여듦
*歸功(귀공):공로로 돌리는 것　*訾議(자의):헐뜯는 의논
*叢興(총흥):무더기로 일어남　*愆尤(건우):허물을 탓함

정도전은 조선 왕조 건국의 일등 공신이었다. 지금의 서울 터를 잡아 성을 쌓고 궁궐마다 이름을 지은 것도 그였으며, 법전을 정리하여 조선 왕조의 기틀을 세웠다. 그의 공로를 태조는 이렇게 기렸다.

"오늘날 내가 이 자리에 오를 수 있었던 것은 모두 경의 공로요. 자자손손 우리 왕조와 함께 복록을 누릴 것이오."

그 후 왕자의 난이 일어났다. 방석을 추대하려던 정도전은 태종에게 죽임을 당하고 말았다. 아홉 번의 공이 한 번의 실수를 감싸주지 못했던 것이다.

15
정욕과 의식도 다스리기 나름이다

이목견문　　위외적　　　정욕의식　　위내적
耳目見聞은 爲外賊이요 情欲意識은 爲內賊이니

지시주인옹　　성성불매　　독좌중당
只是主人翁이 惺惺不昧하여 獨坐中堂하면

적변화위가인의
賊便化爲家人矣라.

해석 귀로 듣고 눈으로 보는 것은 밖으로부터 오는 적이요, 정욕과 의식은 안에서 생기는 적이다. 다만 본심이 또렷이 깨어 어둡지 않고 홀로 중심에 자리잡고 있으면 이들 적도 변하여 한집안 식구가 될 것이다.

♣ 한자 익히기

賊:도적 적　識:알 식, 기록할 지　翁:늙은이 옹　惺:깨달을 성
昧:어두울 매　坐:앉을 좌　堂:마루 당

♠ 뜻풀이
*見聞(견문):보고 들음
*外賊(외적):외부로부터 침입하는 적
*內賊(내적):안에서 생기는 적
*主人翁(주인옹):주인 늙은이. 여기서는 본심(本心)을 뜻한다
*惺惺(성성):정신을 차리고 깨어있는 모습
*中堂(중당):마루 한가운데. 중심

16
모자라지도 넘치지도 않는 도를 지켜라

기상   요고광   이불가소광   심사   요진밀
氣象은 要高曠이나 而不可疎狂하고 心思는 要縝密이나

이불가쇄설   취미   요충담   이불가편고
而不可瑣屑하며, 趣味는 要冲淡이나 而不可偏枯하고

조수   요엄명   이불가격렬
操守는 要嚴明이나 而不可激烈이라.

해석 기상은 높고 넓어야 하지만 너무 소탈하고 경망해서는 안 되고, 마음은 치밀해야 하지만 조잡해서는 안 된다. 취미는 담박해야 하나 너무 메말라서는 안 되고, 지조를 지킬 때는 엄정해야 하나 과격해서는 안 된다.

♣ 한자 익히기

曠:밝을 광, 넓을 광 縝:빽빽할 진 瑣:잘 쇄 屑:부스러기 설
淡:묽을 담 偏:치우칠 편 疎:트일 소 操:잡을 조, 지조 조
激:물결 부딪칠 격 烈:매울 렬

♠ 뜻풀이

*氣象(기상):타고난 성정   *高曠(고광):높고 넓음
*疎狂(소광):엉성하고 경솔함
*縝密(진밀):찬찬하여 빈틈이 없음. 치밀
*瑣屑(쇄설):자질구레하고 조잡함
*冲淡(충담):담박함
*偏枯(편고):지나치게 메마름   *操守(조수):지조를 지킴

17
어려울 때 절개와 행실이 단련된다

거역경중　　　주신　　　개침폄약석　　　　지절려행이불각
居逆境中이면 周身이 皆鍼砭藥石이라 砥節礪行而不覺하고,

처순경내　　　안전　　　진병인과모　　　　소고미골이부지
處順境內면 眼前이 盡兵刃戈矛라 銷膏靡骨而不知니라.

해석　역경에 처했을 때에는 그 주위가 모두 침이 되고 약이 되어
절개와 행실이 단련되는데도 미처 깨닫지 못할 뿐이요, 환경이 순탄
할 때는 눈앞에 있는 것이 모두 칼과 창이라 살을 녹이고 뼈를 깎는
데도 이를 깨닫지 못할 뿐이다.

♣ 한자 익히기

周:두루 주, 구할 주　藥:약 약　砥:숫돌 지　礪:갈 려　眼:눈 안
刃:칼날 인　戈:창 과　矛:창 모　銷:녹일 소　靡:없을 미, 썩을 미

♠ 뜻풀이

*逆境(역경):일이 뜻대로 되지 않는 불행한 경우
*周身(주신):몸 주위
*鍼砭(침폄):쇠로 만든 침과 돌로 만든 침
*砥節(지절):절조를 갈고 다듬는 것
*礪行(여행):행실을 가다듬음
*順境(순경):매사가 잘 되는 경우
*兵刃(병인):칼　*戈矛(과모):창
*銷膏(소고):살을 녹임　*靡骨(미골):뼈를 깎음

18
행동은 무겁게, 마음은 가볍게

^{사군자} ^{지신} ^{불가경}
士君子는 持身을 不可輕이니

^{경즉물능요아} ^{이무유한진정지취}
輕則物能撓我하여 而無悠閒鎭定之趣요,

^{용의} ^{불가중} ^{중즉아위물니} ^{이무소쇄활발지기}
用意를 不可重이니 重則我爲物泥하여 而無瀟洒活潑之機라.

해석 선비는 몸가짐이 경솔해서는 안 된다. 몸가짐이 가벼우면 남이 나를 흔들어, 여유 있고 침착한 맛이 없게 된다. 또 마음 씀씀이를 무겁게 해서는 안 된다. 무거우면 내가 남에게 구속을 당하여 시원하고 활발한 기틀이 없게 된다.

♣ 한자 익히기

持: 가질 지, 물지게 지 輕:가벼울 경 撓:흔들 요 鎭:누를 진

泥:진흙 니 洒:물 뿌릴 쇄, 시원할 쇄 活:살 활 潑:활발할 발

♠ 뜻풀이

*士君子(사군자):점잖은 선비
*持身(지신):몸가짐
*物能撓我(물능요아):남이 나를 흔들다
*悠閒(유한):유유롭고 한가롭다
*我爲物泥(아위물니):내가 남에게 구속을 받다
*瀟洒(소쇄):시원함

19
자신의 뜻을 굽혀 남을 기쁘게 하는 일을 삼가라

곡의이사인희　　　불약직궁이사인기
曲意而使人喜는 不若直躬而使人忌하고,

무선이치인예　　　불약무악이치인훼
無善而致人譽는 不若無惡而致人毁니라.

해 석　　자신의 뜻을 굽혀 남을 기쁘게 하는 것은 뜻을 굽히지 않아 남들이 꺼리게 하는 것만 못하고, 선한 일도 없이 남에게 칭찬을 받는 것은 악한 일 없이 남에게 비난을 받는 것만 못하다.

♣ 한자 익히기

曲:굽을 곡, 간곡할 곡　使:하여금 사, 부릴 사　喜:기쁠 희

直:곧을 직　忌:꺼릴 기　致:이를 치　譽:기릴 예　毁:헐뜯을 훼

♠ 뜻풀이

*曲意(곡의):자신의 뜻을 굽히다
*不若(불약):~만 못하다
*直躬(직궁):몸을 바르게 하다
*人譽(인예):남의 칭찬
*人毁(인훼):남의 비난

20
참다운 영웅의 세 가지 조건

소처   불삼루   암중   불기은
小處에 不滲漏하고 暗中에 不欺隱하며

말로   불태황   재시개진정영웅
末路에 不怠荒하면 纔是個眞正英雄이라.

해석 작은 일도 빈틈없이 처리하고, 어두운 곳에서 자신을 속이지 않으며, 말년에 게으르지 않으면 이는 참다운 영웅이라 할 것이다.

♣ 한자 익히기

滲:샐 삼 漏:샐 루 欺:속일 기 隱:숨을 은 路:길 로

怠:게으를 태 荒:거칠 황 英:꽃뿌리 영 雄:수컷 웅

♠ 뜻풀이

*小處(소처):하찮은 작은 일
*滲漏(삼루):물이 새다
*暗中(암중):어두운 곳, 혼자만 있는 곳
*欺隱(기은):속이다
*末路(말로):말년, 늘그막
*怠荒(태황):게으르고 방종함

21
별난 것을 좋아하는 사람

경기희이자   무원대지식
驚奇喜異者는 無遠大之識하고

고절독행자   비항구조
苦節獨行者는 非恒久操니라.

해석 기인한 것에 경탄하고 별난 것을 좋아하는 자는 원대한 식견이 없고, 괴롭게 절조를 지키며 홀로 자기 길만을 걷는 자는 영원한 지조가 없다.

♣ 한자 익히기

驚:놀랄 경 奇:이상할 기 喜:기쁠 희 異:다를 이 遠:멀 원

識:알 식 苦:괴로울 고 獨:홀로 독 恒:항상 항 久:오랠 구

♣ 뜻풀이

*驚奇喜異(경기희이):별난 것을 경탄하고 좋아함
*遠大之識(원대지식):멀고 큰 식견
*苦節(고절):괴롭게 지키는 절개
*獨行(독행):홀로 행동하는 것
*恒久(항구):영원

22
분노를 이겨라

당노화욕수 정등비처 명명지득 우명명범착
當怒火欲水가 正騰沸處하여 明明知得하고 又明明犯著하니

지적시수 범적우시수
知的是誰며 犯的又是誰오?

차처 능맹연전념 사마변위진군의
此處에 能猛然轉念하면 邪魔便爲眞君矣니라.

해석 화가 치밀어 견디지 못할 때에 이래서는 안 된다는 것을. 알면서도 폭발시키고 마니, 아는 것은 누구이며 저지른 이는 또 누구인가? 이럴 때 맹렬하게 반성하면 사악한 마음이 사라지고 본연의 착한 심성으로 돌릴 수가 있다.

♣ 한자 익히기

怒:성낼 노, 뽐낼 노　騰:오를 등　沸:끓을 비　犯:범할 범
著:붙일 착　誰:누구 수　猛:사나울 맹　轉:돌릴 전　邪:간사할 사
魔:마귀 마

♠ 뜻풀이

*怒火欲水(노화욕수):불꽃같은 노여움과 욕망의 물결
*騰沸(등비):끓어오름
*知得(지득):알아냄
*犯著(범착):범하는 것
*猛然(맹연):맹렬하게
*邪魔(사마):사악한 악마. 악마 같은 마음
*眞君(진군):참다운 마음

23
마음을 살피고 도를 깨닫는 세 가지 방법

> 정중 염려징철 견심지진체 한중 기상종용
> 靜中에 念慮澄徹하면 見心之眞體하고, 閒中에 氣象從容하면
>
> 식심지진기 담중 의취충이 득심지진미
> 識心之眞機하며, 淡中에 意趣沖夷하면 得心之眞味하니,
>
> 관심증도 무여차삼자
> 觀心證道는 無如此三者라.

해석 고요할 때 생각이 맑으면 마음의 참모습을 볼 것이고, 한가할 때 기상이 조용하면 마음의 참다운 기틀이 될 것이며, 담담한 가운데 뜻이 편안하면 마음의 참다운 맛을 알게 될지니, 마음을 살피고 도를 깨닫는 방법은 이 세 가지보다 나은 것이 없다.

♣ 한자 익히기
澄:맑을 징, 술 이름 징 撤:통할 철 沖:화평할 충
夷:오랑캐 이, 평평할 이 證:증명할 증

♠ 뜻풀이
*澄撤(징철):맑고 깨끗함
*眞體(진체):참다운 모습
*從容(종용):조용하다
*眞機(진기):참다운 기틀
*沖而(충이):편안함
*觀心證道(관심증도):마음을 관찰하고 진리를 증명함

재미있는 이야기

영웅에게는 하늘이 일부러 시련을 주어 큰 그릇을 만든다. 그러나 그 단련을 이겨내면 심신에 도움이 되지만 그렇지 못하면 손상을 입을 뿐이다.

조선 선조 때 대제학을 지낸 심희수는 일찍 아버지를 여의고 편모 슬하에서 가난하게 살았다. 성격은 호탕하였으나 공부를 하지 못해 방탕한 생활을 하는 등 남의 비웃음을 받으며 청년시절을 보냈다. 하루는 어느 재상집에 잔치가 열린다는 말을 듣고 초청을 받지 않은 몸으로 쑥 들어갔으니 반길 사람이 있을 리 없었다. 연회에 있던 기녀들조차 초라한 행색을 보고 킬킬거리며 옆에 오기를 꺼려 했다. 그때 한 기생이 그의 곁으로 와 연회가 끝나면 집으로 찾아갈 터이니 기다려 달라고 하였다. 그녀는 약속대로 찾아와 심희수의 어머니에게 절을 올린 후 당분간 며느리 노릇을 하며 심희수의 공부를 돌보겠다고 자청하였다. 그녀는 심희수에게 이렇게 말했다.

"양반집 자제로서 어찌 장안의 웃음거리가 되는 생활로 일생을 마치려 하십니까? 지금부터 공부에만 열중하여 집안을 다시 세우십시오."

심희수는 그날부터 학업에 전념하여 마침내 과거에 급제하여 벼슬길에 올라 집안을 일으켰다.

24
주관을 굽히지 않을 때를 구별하라

무인군의이저독견   무임기의이폐인언
毋因群疑而阻獨見하고 **毋任己意而廢人言**하며,

무사소혜이상대체   무차공론이쾌사정
毋私小惠而傷大體하고 **毋借公論以快私情**하라.

해 설　여러 사람이 의심한다고 하여 자기의 견해를 굽히지 말고, 자기 의견에만 얽매여 남의 말을 폐기하지 말라. 또 사사로운 은혜 때문에 큰일을 그르치지 말고, 여론에 기대어 사사로운 감정을 풀지 말라.

♣ 한자 익히기

群:무리 군, 모을 군　疑:의심할 의　阻:막힐 저. 험할 조

廢:폐할 폐　惠:은혜 혜　借:빌 차　快:상쾌할 쾌　情:뜻 정

♠ 뜻풀이

*群疑(군의):여러 사람이 의심함

*獨見(독견):자신의 견해

*己意(기의):자신의 뜻

*人言(인언):남의 말

*小惠(소혜):작은 은혜

*公論(공론):공적인 의논. 여론

*私情(사정):사사로운 감정

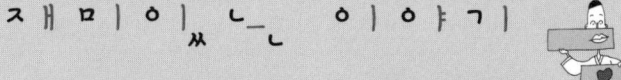

　유호인(俞好仁)은 시와 문장에는 재주가 뛰어났으나 백성을 다스릴 줄은 몰랐다. 그런데 늙은 어머니를 봉양하기 위해 산음 현감으로 내보내 달라는 청을 성종께 올렸다. 성종은 그의 청을 거절할 수가 없어 산음 현감에 임명하고는 그곳 감사에게 은밀히 알렸다.

　"유호인은 나의 시(詩) 친구이다. 그는 성품은 선하나 백성을 다스리는 데 미흡할 터이니 그대가 잘 보아주기 바란다."

　그런데 그 감사는 얼마 안 돼 유호인을 파직하였다. 성종이 쾌씸하여 물으니, 감사는 이렇게 대답했다.

　"유호인이 다스리는 일에는 힘을 쓰지 않고 날마다 시나 지으면서 소일하니, 그런 수령을 어디에다 쓰겠습니까?"

　성종은 할 말이 없어 다시 서울로 불러 다른 벼슬을 시켰다.

25
아름다움과 추함, 깨끗함과 더러움

유연   필유추   위지대   아불과연   수능추아
有妍이면 必有醜하여 爲之對니 我不誇妍이면 誰能醜我리오?

유결   필유오   위지구   아불호결   수능오아
有潔이면 必有汚하여 爲之仇니 我不好潔이면 誰能汚我리오?

해 석 　아름다움이 있으면 반드시 추함이 있어 대립하는 것이니, 내
가 아름다움을 자랑하지 않으면 누가 나를 추하게 할 것인가? 깨끗함
이 있으면 반드시 더러움이 있어 짝을 이루니, 내가 깨끗함을 좋아하
지 않으면 누가 나를 더럽힐 것인가?

♣ 한자 익히기

妍:고울 연, 총명할 연 醜:추할 추 誇:자랑할 과 誰:누구 수
潔:깨끗할 결 仇:짝 구, 원수 구, 거만할 구 汚:더러울 오

♠ 뜻풀이
*爲之對(위지대):상대가 되다
*誇妍(과연):아름다움을 과시함
*爲之仇(위지구):짝이 되다
*好潔(호결):깨끗함을 좋아하다

26
냉철한 안목을 지녀라

君子는 宜淨拭冷眼이요 愼物輕動剛腸이라.

해석 군자는 마땅히 냉정한 안목을 깨끗이 가져야 하고, 신중하며, 신념을 가볍게 움직여서는 안 된다.

♣ 한자 익히기

淨:깨끗할 정 拭:닦을 식 愼:삼갈 신 剛:군셀 강 腸:창자 장

♠ 뜻풀이
*淨拭(정식):깨끗이 씻음
*冷眼(냉안):냉철한 안목
*輕動(경동):가벼이 움직임
*剛腸(강장):확고한 신념

27
스스로 반성하고 남을 원망하지 말라

반기자　촉사　　개성약석　　　우인자　　동념　　즉시과모
反己者는 觸事가 皆成藥石이요, 尤人者는 動念이 卽是戈矛라.

일이벽중선지로　　　　　　일이준제악지원　　　　　상거소양의
一以闢衆善之路하고 一以濬諸惡之源하니 相去霄壤矣라.

해석 스스로 반성하는 사람은 부딪히는 일마다 모두 약이 되고, 남을 원망하는 자는 하는 생각마다 모두 해치는 무기가 된다. 하나는 선의 길을 여는 것이고 다른 하나는 여러 악의 근원을 이루는 것이니, 그 차이가 하늘과 땅 사이다.

♣ 한자 익히기
觸:찌를 촉, 느낄 촉　皆:다 개　尤:허물 우　闢:열 벽　衆:무리 중
濬:팔 준　諸:모두 제　源:근원 원　霄:하늘 소　壤:땅 양

♠ 뜻풀이
*反己(반기):자신을 반성하는 것
*藥石(약석):약과 침
*尤人(우인):남을 탓함
*戈矛(과모):창
*相去(상거):서로의 차이
*訾霄壤(소양):하늘과 땅

28
작은 일에 신중하라

유일념이범귀신지금   일언이상천지지화
有一念而犯鬼神之禁하고 一言而傷天地之和하며

일지이양자손지화자   최의절계
一事而釀子孫之禍者니 最宜切戒하라.

해석 한 생각으로 귀신이 금하는 바를 범하고, 한마디 말로 천지의 평화를 깨뜨리며, 한 가지 일이 자손에게 재앙을 빚을 수 있으니, 가장 경계해야 한다.

♣ 한자 익히기

犯:이길 범, 범할 범 禁:금할 금 傷:다칠 상 釀:빚을 양

戒:경계할 계 切:끊을 절, 온통 체

♠ 뜻풀이
*鬼神之禁(귀신지금):귀신이 금하는 일
*天地之和(천지지화):천지의 평화, 또는 조화
*切戒(절계):간절한 경계

29
조급히 하는 일에 실수가 많은 법

사유급지불백자　　　관지혹자명　　　　무조급이속기분
事有急之不白者로되 寬之或自明하니 毋躁急以速其忿하고,

인유조지부종자　　　종지혹자화　　　　무조절이익기완
人有操之不從者로되 縱之或自化하니 毋操切以益其頑하라.

해석　서둘러 급히 하는 일은 명백하게 되지 않지만 너그럽게 하면 더러 저절로 밝혀지게 되니, 조급하게 분노를 터뜨리지 말라. 사람을 심하게 부리면 반감을 일으켜 따르지 않으나, 가만히 놓아두면 혹 저절로 감화되는 수가 있으니 지나치게 부려 그 완고함을 더하지 말라.

♣ 한자 익히기
急:급할 급, 좁을 급　寬:너그러울 관　躁:성급할 조　速:빠를 속
忿:성낼 분　從:따를 종　縱:놓을 종　頑:모질 완

♠ 뜻풀이
*不白(불백):밝혀지지 않음
*自明(자명):저절로 밝혀짐
*躁急(조급):성급하게 구는 것
*自化(자화):스스로 감화됨
*操切(조절):심하게 부리는 것

 재 미 있 는 이 야 기

너무 조급히 하면 밝혀질 일도 밝혀지지 않는 경우가 있고 느슨하게 기다리면 쉽게 밝혀지는 수가 있듯이 조급하게 성을 내면 될 일도 안 되는 수가 있다.

조선 정종 때 사람인 윤회(尹淮)의 일화이다. 하루는 길을 가다가 여관에 들렀는데, 여관 주인이 받아줄 수 없다고 하여 처마밑에서 하룻밤 지새고 갈까 하고 마당에서 기다렸다. 그때 주인집 아이가 구슬을 가지고 놀다 떨어뜨린 것을 거위가 먹이로 잘못 알고 삼키는 것이 눈에 띄었다. 얼마 후 구슬이 없어진 것을 안 주인은 노발대발하여 윤회의 소행으로 몰아붙여 묶어 놓고 이튿날 관청에 고발하려 하였다. 그러나 윤회는 별로 화도 내지 않고 주인에게 말했다.

"당신 마음대로 하되, 저 거위를 내 곁에 묶어 놓아 주시겠소?"

이튿날 아침 거위의 배설물에서 구슬이 나온 것을 본 주인은 부끄러워하면서 물었다.

"그런 줄을 알았으면 어제 왜 바로 말하지 않았습니까?"

그러자 윤회는 빙긋이 웃으며 이렇게 말했다.

"그랬으면 급한 당신의 성질에 반드시 저 거위의 배를 갈랐을 게 아니요? 그래서 내가 욕을 참기로 한 것이오."

채근담

49

30
학문은 날마다 먹는 밥과 같다

해석 도(道)는 공공적인 것이니, 마땅히 사람마다 이끌어 접해야 하고, 학문은 날마다 먹는 밥과 같으니, 마땅히 일을 당할 때마다 조심스럽게 깨우쳐야 한다.

♣ 한자 익히기

重:무거울 중　衆:무리 중　事:일 사　物:물건 물　隨:따를 수

接:이을 접　引:이끌 인　常:항상 상　尋:찾을 심, 보통 심　家:집 가

飯:밥 반　警:깨우칠 경　惕:두려워할 척

♠ 뜻풀이

*一重(일중):일종

*公衆物事(공중물사):여러 사람이 다 해야 할 공공적인 것

*隨人(수인):사람마다

*接引(접인):이끌어서 접함

*尋常家飯(심상가반):날마다 집에서 먹는 밥

*警惕(경척):깨달아 조심함

31
즉흥적으로 일을 도모하지 말라

> 빙의흥작위자　　수작즉수지　　　기시불퇴지륜
> 憑意興作爲者는 隨作則隨止하니 豈是不退之輪이며,
>
> 종정식해오자　　유오즉유미　　　종비상명지등
> 從情識解悟者는 有悟則有迷하니 終非常明之燈이라.

해 석 즉흥적으로 일을 하는 자는 시작하였다가는 곧 그만두니 어찌 쉬지 않고 굴러가는 수레바퀴일 수 있으랴! 또한 감정의 인식에 따라 깨달은 자는 깨닫자마자 흐려지게 되니 항상 밝히는 등불이 되지 못한다.

♣ 한자 익히기

憑:의지할 빙　興:일어날 흥　豈:어찌 기　退:물러날 퇴

輪:바퀴 륜　悟:깨달을 오　迷:어두울 미　終:마칠 종　燈:등불 등

♠ 뜻풀이

*意興(의흥):마음이 일어남
*作爲(작위):일을 함
*不退之輪(불퇴지륜):불퇴전법륜(不退轉法輪)을 줄인 말. 불교에서 나온 문자로 점점 앞으로 나아가야지 물러서서는 안 된다는 뜻
*情識(정식):감정에서 얻는 일시적인 지식
*解悟(해오):깨달아 안다는 불교 문자
*常明之燈(상명지등):항상 꺼지지 않고 밝히는 등불. 영원한 지식

32
자신의 잘못은 용서하지 말라

<blockquote>
인지과오　　　　의서이재기즉불가서
人之過誤는 宜恕而在己則不可恕요,

기지곤욕　　　　당인이재인즉불가인
己之困辱은 當忍而在人則不可忍이라.
</blockquote>

해석　남의 잘못은 마땅히 용서해야 하지만 자신의 잘못은 용서해서는 안 된다. 자신의 곤욕은 마땅히 참아야 하지만 다른 사람의 곤욕은 구제해 줘야 한다.

♣ 한자 익히기

誤:그릇될 오　恕:용서할 서　困:곤궁할 곤　辱:욕될 욕　忍:참을 인

♠ 뜻풀이

*過誤(과오):잘못
*困辱(곤욕):곤란과 욕을 당함
*不可忍(불가인):참지 말아야 한다. 그냥 보아 넘겨서는 안 된다

33
작은 자비심이 세상을 밝힌다

일념자상　　가이온양양간화기
一念慈祥은 可以醞釀兩間和氣요,

촌심결백　　가이소수백대청분
寸心潔白은 可以昭垂百代淸芬이라.

해 석　조그마한 자비심은 천지 사이의 온화한 기운을 빚고, 한 치의 결백한 마음은 백 대 동안 맑은 향기를 밝게 드리운다.

♣ 한자 익히기

祥:상서 상, 착할 상　醞:빚을 온　釀:빚을 양　潔:깨끗할 결
昭:밝을 소　垂:드리울 수　淸:맑을 청　芬:향기 분

♣ 뜻풀이
*一念(일념): 한 가닥 생각. 한결 같은 마음
*醞釀(온양):술 따위를 빚다
*兩間(양간):하늘과 땅 사이
*昭垂(소수):밝게 드리우다
*淸芬(청분):맑은 향기

34
견디고 또 견디는 이가 바라는 바를 얻는다

어 운   등산내측로   답설내위교   일내자
語에 云하되「登山耐側路하고 踏雪耐危橋라」하니 一耐字는

극유의미   여경험지인정   감가지세도   약부득일내자
極有意味라. 如傾險之人情과 坎坷之世道에 若不得一耐字하여

탱지과거   기하불타입진망갱참재
撑持過去면 幾何不墮入榛莽坑塹哉리오?

해석 옛말에 이르기를 '산에 오르려면 험한 산을 견뎌야 하고, 눈길을 걸으려면 위험한 다리를 견뎌야 한다.'라고 하였으니, '견딜 내(耐)' 한 글자에 깊은 뜻이 있다. 만일 험한 인정과 울퉁불퉁한 세상길을 살아가는 데 이 '견딜 내(耐)'자 하나로 버티어 나가지 않으면 가시덤불이나 구덩이에 떨어지지 않을 사람이 몇이나 되겠는가?

♣ 한자 익히기

側:기울 측 踏:밟을 답 橋:다리 교 傾:기울 경 撑:버틸 탱
幾:몇 기 墮:떨어질 타 榛:덤불 진 莽:우거질 망 坑:구덩이 갱
塹:참호 참

♠ 뜻풀이
*側路(측로):비탈 길
*踏雪(답설):눈길을 걸음
*傾險(경험):험악함   *撑持(탱지):지탱. 버티어 나감
*榛莽(진망):우거진 가시덤불   *坑塹(갱참):구덩이

35
어리석은 사람도 포용하라

> 지신   불가태교결   일체오욕구예   요여납득
> 持身엔 不可太皎潔이니 一切汚辱垢穢를 要茹納得이요,
>
> 여인   불가태분명   일체선악현우   요포용득
> 與人에 不可太分明이니 一切善惡賢愚를 要包容得이라.

해석 몸가짐을 지나치게 깨끗하게 해서는 안 되니 일체의 더럽고 욕됨을 받아들여야 하고, 남과 사귐에 지나치게 분명하게 해서는 안 되니 선한 사람과 악한 사람, 현명한 사람과 어리석은 사람을 다 포용해야 한다.

♣ 한자 익히기

持:가질 지, 지킬 지 皎:흴 교 潔:깨끗할 결 垢:때 구
穢:더러울 예 茹:띠 뿌리 여, 받아들일 여 納:들일 납 賢:어질 현
容:얼굴 용

♠ 뜻풀이
*持身(지신):몸가짐
*皎潔(교결):희고 깨끗함
*汚辱(오욕):더럽고 욕됨
*垢穢(구예):때묻고 더러움
*茹納(여납):받아들임
*與人(여인):남과 사귐

중국 초(楚) 나라 대부(大夫) 굴원(屈原)은 처신이 너무 깨끗하고
분명하여 세상의 용납을 받지 못하고 멱라수에 몸을 던졌다. 어부
가 그를 보고는 어찌 이 지경이 되었느냐고 물었다. 그러자 굴원은,
"온 세상이 다 혼탁한데 나만이 홀로 청렴하고, 모든 사람이 다 취
해 있는 데 나만이 홀로 깨어 있어 추방을 당했다."라고 하였다. 그
러자 어부는 빙그레 웃으며 창랑가를 부르며 사라졌다.
"창랑의 물 맑거든 내 갓끈을 씻을 것이요, 창랑의 물이 흐리면 내
발을 씻으리라."

36
이치를 내세워 고집을 부리지 말며, 의리에 얽매이지 말라

종욕지병　　가의　　이집리지병　　난의
縱欲之病은 可醫나 而執理之病은 難醫요

사물지장　　가제　　이의리지장　　난제
事物之障은 可除나 而義理之障은 難除라.

[해석] 함부로 욕심을 부리는 병은 고칠 수가 있으나 이치를 고집하는 병은 고칠 수가 없으며, 사물에 의한 장애는 없앨 수 있으나 의리에 얽매인 장애는 없애기 어렵다.

♣ 한자 익히기

縱:방종할 종　醫:고칠 의, 의원 의　執:잡을 집　障:막힐 장

除:제거할 제

♣ 뜻풀이

*縱欲之病(종욕지병):욕심을 함부로 고집하는 병
*執理之病(집리지병):이치를 고집하는 병
*義理之障(의리지장):의리로 둘러쳐진 장애

37
마음은 뜻대로 변화시킬 수 있다

<small>신여불계지주　　　일임류행감지</small>
身如不繫之舟니 一任流行坎止하고,

<small>심사기회지목　　　하방도할향도</small>
心似旣灰之木이니 何妨刀割香塗리오?

해 석　몸은 매어놓지 않은 배와 같으니 흘러가고 멈추는 대로 맡겨
두라. 마음은 마른 나무와 같으니, 칼로 자르든 향으로 칠하든 무슨
상관이 있겠는가?

♣ 한자 익히기

繫:묵을 계, 맬 계　舟:배 주　任:맡길 임　坎:구덩이 감　旣:이미 기
割:쪼갤 할　塗:바를 도, 길 도

♠ 뜻풀이

*不繫之舟(불계지주):매어놓지 않은 배
*流行(유행):흘러감
*坎止(감지):멈춤
*旣灰之木(기회지목):마른 나무
*刀割香塗(도할향도):칼로 쪼개어 땔감을 만들거나 그릇을 만들어 향을
칠함

38
번잡할 때에도 냉철한 눈으로 보라

열뇨중　　착일냉안　　　　변생허다고심사
熱鬧中에 著一冷眼하며 便省許多苦心思하고,

냉락처　　존일열심　　　　변득허다진취미
冷落處에 存一熱心하면 便得許多眞趣味라.

해석 번잡하고 시끄러울지라도 냉철한 눈으로 보게 되면 많은 괴로운 생각을 덜게 되고, 일이 뜻대로 되지 않을지라도 정열을 지니고 있으면 많은 참된 취미를 얻게 된다.

♣ 한자 익히기

鬧:시끄러울 뇨　省:줄일 생, 살필 성　存:있을 존　趣:달릴 취

♠ 뜻풀이
*熱鬧(열뇨):번잡하고 시끄러움
*)冷眼(냉안):냉정한 안목
*)冷落(냉락):몰락해서 형편이 보잘 것 없게 됨

39
사람의 마음은 항복시키기 어렵다

안간서진지형진   유긍백인   신속북망지호토
眼看西晉之荊榛하되 猶矜白刃하고, 身屬北邙之狐兎하되

상석황금   어   운   맹수   이복   인심   난항
尙惜黃金이라. 語에 云하되 猛獸는 易伏이나 人心은 難降하며,

계학   이전   인심   난만   신재
谿壑은 易塡이나 人心은 難滿이라 하니 信哉라.

해석 서진(西晉)의 황폐함을 눈으로 보고서도 칼날을 뽐내고, 몸은 북망산의 여우와 토끼에게 맡겨질 것을 알면서도 황금을 아끼는구나. 옛말에 이르기를 '사나운 짐승은 길들이기 쉽지만 사람의 마음은 항복시키기 어렵고, 계곡은 쉽게 메울 수 있어도 사람의 마음은 만족시키기 어렵다'라고 했으니, 과연 옳은 말이다.

♣ 한자 익히기

晉:진나라 진 荊:곤장 형, 가시나무 형 榛:가시나무 진, 덤불 진
北:북녘 북 惜:아낄 석 谿:계곡 계, 시내 계 壑:골짜기 학
塡:메울 전, 채울 전 滿:가득찰 만

♠ 뜻풀이
*西晉之荊榛(서진지형진):서진이 망하여 그 도읍이 가시와 잡초에 묻혀 황폐하다는 뜻으로 흥망성쇠의 무상함을 뜻한다
*白刃(백인):병기. 무기
*北邙(북망):낙양(洛陽) 북쪽에 있는 공동 묘지
*谿壑(계학):골짜기

40
마음이 동요하지 않으면

심지상   무풍도   수재   개청산록수
心地上에 無風濤면 隨在에 皆靑山綠水요,

성천중   유화육   촉처   견어약연비
性天中에 有化育이면 觸處에 見魚躍鳶飛라.

해석 마음에 풍파가 일지 않으면 가는 곳마다 푸른 산, 맑은 물이요, 천성 가운데 만물을 자라게 하는 기운이 있으면 닿는 곳마다 물고기가 뛰놀고 솔개가 날아오르는 자연스런 모습을 볼 것이다.

♣ 한자 익히기

風:바람 풍 濤:파도 도 隨:따를 수 皆:다 개 綠:초록빛 록

觸:닿을 촉 躍:뛸 약 鳶:솔개 연

♠ 뜻풀이
*心地(심지):마음
*性天(성천):천성
*化育(화육):만물을 북돋아 기름
*觸處(촉처):손닿는 곳
*魚躍鳶飛(어약연비):물고기가 뛰놀고 솔개가 날다

41
몸과 마음을 잘 다루는 자가 자유롭다

백씨운　　　불여방신심　　　명연임천조　　　　조씨운
白氏云하되「不如放身心하여 冥然任天造라」하고, 晁氏云하되

불여수신심　　　응연귀적정　　　　방자　　유위창광　　　수자
「不如收身心하여 凝然歸寂定이라」하니 放者는 流爲猖狂하고 收者는

입어고적　　　　유선조심신적　　　파병재수　　　수방자여
入於枯寂하니, 唯善操心身的은 欛柄在手하여 收放自如라.

해석　백낙천은 말하기를 '몸과 마음을 풀어놓아 자연의 조화에 맡겨두는 것보다 더 나은 것이 없다.'라고 하였고, 조보지는 말하기를 '몸과 마음을 단속하여 정적(靜寂)으로 돌아가는 것보다 더 나은 것이 없다.'고 했다. 풀어버리면 도를 넘어 미치광이가 되기 쉽고, 단속하면 메마르고 삭막하여 생기 없는 데로 빠지기 쉽다. 오직 몸과 마음을 잘 다루는 자만이 온갖 조종하는 권한이 자신의 손에 있어서 거두고 방치함을 자유자재로 할 수 있다.

♣ 한자 익히기

冥:어두울 명, 하늘 명　晁:朝의 옛 글자, 아침 조
凝:정할 응, 모을 응, 바를 응　猖:미칠 창　狂:미칠 광　柄:잡을 병

♠ 뜻풀이
*白氏(백씨):당 나라 시인 백낙천(白樂天)
*天造(천조):하늘의 조화　*晁氏(조씨):송의 시인 조보지(晁補之)
*凝然(응연):움직이지 않는 모양　*自如(자여):자유자재
*寂定(적정):잡념을 버리고 선정(禪定)에 들어간 상태
*猖狂(창광):미치광이　*枯寂(고적):고목처럼 생기가 없음

42
교묘한 문장보다 순박한 글이 낫다

문이졸진　　　도이졸성　　　일졸자　　　유무한의미
文以拙進하고 道以拙成하니 一拙字에 有無限意味라.

여도원견폐　　　상간계명　　　하등순롱
如桃源犬吠와 桑間鷄鳴은 何等淳龐고?

지어한담지월　　　고목지아　　　공교중　　　변각유쇠삽기상의
至於寒潭之月과 古木之鴉하여는 工巧中에 便覺有衰颯氣象矣라.

해석　문장은 졸함에서 진보하고, 도는 졸함에서부터 이루어지니, '졸(拙)'이라는 한 글자에 무한히 깊은 뜻이 있다. '복사꽃 핀 마을에 개가 짖고, 뽕나무 사이에서 닭이 운다.'란 글은 얼마나 순박한가? 그러나 '차가운 연못에 달이 비치고, 고목 나무에 까마귀가 운다.'라는 글은 교묘하기는 하지만, 그 가운데 문득 쓸쓸하고 삭막한 기분을 느끼게 된다.

♣ 한자 익히기

拙:졸할 졸　桑:뽕나무 상　淳:순박할 순　巧:교묘할 교
颯:쇠할 삽, 바람소리 삽, 성할 삽

♠ 뜻풀이
*拙(졸):꾸밈이 없고 잘못되어 보임
*淳龐(순롱):순박하고 충실함
*古木之鴉(고목지아):고목에 앉은 까마귀
*工巧(공교):교묘함
*衰颯(쇠삽):쇠하고 삭막한 모양

43
자제할 줄 아는 사람이 되어라

생가정농처　　변자불의장왕　　선달인살수현애
笙歌正濃處에 便自拂衣長往하니 羨達人撤手懸崖하고,

경루이잔시　　유연야행불휴　　소속사침신고해
更漏已殘時에 猶然夜行不休하니 咲俗士沈身苦海니라.

해 석　피리 소리와 노래 소리가 한창 무르익었을 때, 스스로 옷을 털고 일어나 멀리 가버리는 모습은 마치 통달한 사람이 낭떠러지에서 손을 놓은 것 같아 부럽고, 밤이 늦어 시간이 이미 다했는데도 여전히 쉬지 않고 밤길을 쏘다니는 모습은, 마치 속된 선비가 몸을 고해(苦海)에 담그는 것 같아 우습다.

♣ 한자 익히기

笙:생황 생, 관악기의 일종 濃:짙을 농 拂:끓을 비, 샘솟는 모양 불
往:갈 왕 撤:뿌릴 살, 흩어버릴 살 懸:매달릴 현 崖:절벽 애
更:다시 갱, 시간 경 漏:샐 루 沈:잠길 침

♠ 뜻풀이
*正濃處(정농처):흥이 한창 무르익었을 때
*拂衣長往(불의장왕):옷을 털고 멀리 떠남
*撤手懸崖(살수현애):낭떠러지에서 손을 놓음
*更漏(경루):시간을 알리는 물시계

44
욕심날 만한 것을 보아도 어지럽혀지지 않는 마음

파악미정　　　　　의절적진효　　　사차심　　　불견가욕이불란
把握未定이어든 宜絕跡塵囂하여 使此心으로 不見可欲而不亂하여

이징오정체　　　　조지기견　　　　우당혼적풍진
以澄吾靜體하고, 操持旣堅이어든 又當混跡風塵하여

사차심　　　　견가욕이역불란　　　이양오원기
使此心으로 見可慾而亦不亂하여 以養吾圓機라.

해석 마음이 확고하게 정해지지 않았으면 속세를 떠나서 마음으로 하여금 욕심날 만한 것을 보지 못하게 하고 어지럽혀지지 않도록 하여 나의 고요한 마음 바탕을 맑게 해야 한다. 그리고 마음을 이미 굳게 잡았으면 마땅히 속세에 섞여 살아 마음으로 하여금 욕심날 만한 것을 보아도 어지럽혀지지 않게 함으로써, 나의 원만한 심기를 기르도록 해야 한다.

♣ 한자 익히기

把:잡을 파　握:쥘 악　囂:시끄러울 효, 떠들썩할 효　亂:어지러울
란　澄:맑을 징　操:잡을 조　堅:굳을 견　養:기를 양　圓:둥글 원

♠ 뜻풀이

*把握(파악):확실히 이해함
*絕跡塵囂(절적진효):속되고 떠들썩한 곳에서 발자취를 끊음
*靜體(정체):고요한 마음의 바탕
*操持(조지):붙잡아 가짐
*圓機(원기):원만한 기상

45
힘써 구하고 한결같이 하라

승거목단   수적석천   학도자   수가력색
繩鋸木斷하고 水滴石穿하니 學道者는 須加力索이라.

수도거성   과숙체락   득도자   일임천기
水到渠成하고 瓜熟蒂落하니 得道者는 一任天機니라.

해석 새끼줄 톱이 나무를 자르고 낙숫물이 돌을 뚫듯이, 도를 배우는 사람은 모름지기 힘써 구해야 한다. 물이 모이면 내를 이루고 참외가 익으면 꼭지가 떨어지니, 도를 얻으려는 사람은 한결같이 하늘의 섭리에 맡기면 된다.

♣ 한자 익히기

繩:새끼줄 승   鋸:톱 거   滴:물방울 적   穿:뚫을 천   渠:개천 거
瓜:오이 과   熟:익을 숙   蒂:꼭지 체

♣ 뜻풀이

*繩鋸木斷(승거목단):새끼줄로 톱질하여 나무가 잘라짐
*水滴石穿(수적석천):낙수물에 돌이 파임
*力索(역색):힘써 찾음. 노력
*水到渠成(수도거성):물이 모여 내를 이룸
*天機(천기):천지 자연의 기묘한 작용

46
자연 속에서 사람의 흥취가 고매해진다

사인심광 임류 사인의원
登高하면 使人心曠하고 臨流하면 使人意遠하며

독서어우설지야 사인신청
讀書於雨雪之夜면 使人神淸하고

서소어구부지전 사인흥매
舒嘯於丘阜之祭嶺하면 使人興邁라.

해석 　높은 산에 오르면 마음이 넓어지고, 흐르는 물가에 이르면 뜻이 원대해지며, 비나 눈이 오는 밤에 책을 읽으면 정신이 맑아지고, 언덕 마루에 올라 휘파람을 불면 흥취가 고매해진다.

♣ 한자 익히기

曠:넓을 광　臨:임할 림　嘯:휘파람 소　阜:언덕 부　嶺:산마루 전
興:일어날 흥, 흥취 흥　邁:뛰어날 매

♣ 뜻풀이
*意遠(의원):뜻이 원대함
*神淸(신청):정신이 맑아짐
*舒嘯(서소):휘파람을 불다
*丘阜(구부):언덕
*興邁(흥매):흥취가 고매해짐

채
근
담

67

47
급히 이룬 수양은 깊이가 없다

마려　　　당여백련지금　　　급취자　　　비수양
磨礪는 當如百鍊之金이니 急就者는 非邃養이요,

시위　　　의사천균지노　　　경발자　　　무굉공
施爲는 宜似千鈞之弩니 輕發者는 無宏功이라.

해석　수양은 백 번 단련된 쇠와 같으니 급히 이룬 것은 깊은 수양이 아니다. 또 일을 시행함은 마땅히 3천 근이나 되는 쇠뇌와 같아야 하니, 가볍게 쏘아서는 큰 공이 없다.

♣ 한자 익히기
磨:갈 마, 맷돌 마　礪:거친숫돌 려　急:급할 급　鍊:쇠불릴 련
就:나아갈 취　邃:깊을 수　養:기를 양　施:베풀 시　宏:클 굉
弩:쇠뇌(큰 활) 노

♠ 뜻풀이
*磨礪(마려):갈고 다듬음
*百鍊之金(백련지금):백 번 두드려 만든 쇠붙이
*急就(급취):급히 이룸
*邃養(수양):깊은 수양
*施爲(시위):일을 시행함
*千鈞(천균):1균(鈞)은 30근. 곧 3천근
*宏功(굉공):큰 공

48
시작할 때의 어려움을 걱정하지 말라

무우불의 무희쾌심
毋憂拂意하고 毋喜快心하며

무시구안 무탄초난
毋恃久安하고 毋憚初難하라.

해 석 일이 뜻대로 되지 않는다고 걱정하지 말고, 마음에 흡족하다고 기뻐하지 말며, 오랜 편안함을 믿지 말고, 처음의 어려움을 걱정하지 말라.

♣ 한자 익히기

憂:근심 우 拂:거스릴 불 恃:믿을 시 憚:꺼릴 탄

♠ 뜻풀이
*拂意(불의):뜻대로 되지 않음
*久安(구안):오래도록 편안함
*初難(초난):처음의 어려움

49
마음에 거스르는 바를 즐거움으로 삼아라

세인   이심긍처위락   각피락심인재고처
世人은 以心肯處爲樂이라 却被樂心引在苦處하고,

달사   이심불처위락   종위약심환득락래
達士는 以心拂處爲樂이라 終爲若心換得樂來라.

해 석 세상 사람들은 마음에 맞는 것을 즐거움으로 삼기 때문에 그 즐거움에 이끌려 괴로운 곳에 처하고, 달통한 선비는 마음에 거스르는 바를 즐거움으로 삼기 때문에 마침내는 고심하던 것이 즐거움으로 바뀌어 오게 된다.

♣ 한자 익히기

肯:즐길 긍 却:물리칠 각, 도리어 각 達:도달할 달 換:바꿀 환
被:입을 피, 저 피

♠ 뜻풀이
*心肯處爲樂(심긍처위락):마음에 맞는 것을 즐거움으로 삼음
*達士(달사):달통한 선비
*心拂處爲樂(심불처위락):마음에 거스르는 바를 즐거움으로 삼음

50
마음으로 책을 읽고 사물을 관찰하라

선독서자   요독도수무족도처   방불락전제
善讀書者는 要讀到手舞足蹈處라야 方不落筌蹄하고,

선관물자   요관도심융신흡시   방불니적상
善觀物者는 要觀到心融神洽時라야 方不泥迹象이라.

해석 독서를 잘하는 사람은 신이 나서 손발이 춤추는 경지에 이르러야 바야흐로 자구(字句)의 뜻에 얽매이지 않고, 사물을 잘 관찰하는 사람은 살펴보되 심신에 융합하여야만 바야흐로 외형에 빠지지 않는다.

♣ 한자 익히기

舞:춤출 무   蹈:밟을 도   筌:통발 전   蹄:발굽 제   融:화합할 융
泥:수렁 니, 더러워질 니   洽:합할 흡   迹:자취 적

♣ 뜻풀이

*手舞足蹈(수무족도):감흥되어 자신도 모르는 사이에 춤이 추어지는 것

*筌蹄(전제):전은 물고기를 잡는 통발. 제는 토끼를 잡는 올무. 문장의 자구에 얽매이는 것

*心融神洽(심융신흡):심신에 융합됨

*迹象(적상):사물의 외형

51
입 단속, 마음 단속

구내심지문   수구불밀   설진진기
口乃心之門이니 守口不密하면 洩盡眞機하고,

의내심지족   방의불엄   주진사혜
意乃心之足이니 防意不嚴하면 走盡邪蹊니라.

해석 입은 곧 마음의 문이니 입 조심하지 않으면 중요한 기밀이 새어나간다. 뜻은 마음의 발이니, 마음 단속을 잘못하면 사악한 길로 달리게 된다.

♣ 한자 익히기

密:가만할 밀, 빽빽할 밀 邪:간사할 사 防:막을 방 嚴:엄할 엄
蹊:좁은길 혜

♠ 뜻풀이
*不密(불밀):치밀하지 못함
*洩盡(설진):누설됨
*眞機(진기):참다운 기밀
*邪蹊(사혜):옳지 못한 일

52
남을 꾸짖기에 앞서

책인자   원무과어유과지중   즉정평
責人者는 原無過於有過之中하면 則情平하고,

책기자   구유과어무과지내   즉덕진
責己者는 求有過於無過之內하면 則德進이라.

해석 남을 꾸짖을 때에는 허물이 있는 가운데에서도 허물이 없음을 찾아내도록 하면 마음이 평화롭고, 자신을 책망할 때에는 허물이 없더라도 허물을 찾아내도록 하면 덕이 자랄 것이다.

♣ 한자 익히기

責:꾸짖을 책 原:근본 원, 찾을 원 過:허물 과 進:나아갈 진

♠ 뜻풀이

*責人(책인):남을 꾸짖음
*無過於有過之中(무과어유과지중):허물이 있는 가운데서도 허물이 없는 점
*情平(정평):마음이 평온해짐
*責己(책기):자신을 꾸짖음

53
몸 밖의 몸을 보라

청정야지종성　　　환성몽중지몽
聽靜夜之鍾聲에 喚醒夢中之夢하고,

관징담지월영　　　규견신외지신
觀澄潭之月影에 窺見身外之身이라.

해석 　고요한 밤의 종소리를 듣고서 꿈속의 꿈을 불러 깨우며, 맑은 못에 비친 달 그림자를 보고서 몸 밖의 몸을 바라본다.

♣ 한자 익히기

聽:들을 청, 결단할 청　喚:부를 환　夢:꿈 몽　潭:맑을 담

影:그림자 영　窺:엿볼 규　身:몸 신　外:바깥 외

♠ 뜻풀이

*鍾聲(종성):종 소리
*喚醒(환성):불러서 깨움
*夢中之夢(몽중지몽): 꿈속 같은 인생을 살면서 또다시 꾸는 허망한 꿈
*澄潭(징담):맑은 못
*窺見(규견):엿보다
*身外之身(신외지신):우주의 일부분인 자신

74

54
마음의 눈으로 보라

회득개중취   오호지연월   진입촌리
會得個中趣면 **五湖之煙月**이 **盡入寸裡**하고,

파득안전기   천고지영웅   진귀장악
破得眼前機면 **千古之英雄**이 **盡歸掌握**이라.

해석 사물 속에 깃들어 있는 참뜻을 깨달으면 천하의 아름다운 경치도 다 마음속에 들어오고, 눈앞의 기미를 깨달으면 천고의 영웅이 다 손아귀에 들어온다.

♣ 한자 익히기

湖:호수 호 裡:속 리 眼:눈 안, 볼 안 前:앞 전 雄:수컷 웅
掌:손바닥 장 握:쥘 악, 주먹 악

♠ 뜻풀이
*會得(회득):깨달음
*個中趣(개중취):사물 속에 깃든 정취
*五湖(오호):중국에 있는 경치가 아름다운 다섯 호수
*煙月(연월):경치
*寸裡(촌리):마음 속
*眼前機(안전기):눈 앞에 일어나는 여러 가지 작용

55
매사가 마음먹기에 달려 있다

연촉　　유어일념　　관착　　계지촌심
延促은 由於一念하고 寬窄은 係之寸心이라.

고　　기한자　　일일　　요어천고
故로 機閑者는 一日도 遙於千古하고,

의광자　　두실　　관약양간
意廣者는 斗室도 寬若兩間이라.

해석 길고 짧음은 생각에서 비롯된 것이요, 넓고 좁음은 한 치 마음에 달려 있다. 그러므로 마음이 한가한 사람은 하루가 천고보다 아득하고, 뜻이 넓은 자는 좁은 방도 하늘과 땅 사이처럼 넓다.

♣ 한자 익히기

延:뻗을 연　促:급할 촉, 짧을 촉　念:생각 념　寬:넓을 관
窄:좁을 착　係:이을 계　遙:멀 요　廣:넓을 광　斗:말 두　室:방 실

♣ 뜻풀이
*延促(연촉):길고 짧음
*寬窄(관착):넓고 좁음
*機閑(기한):마음이 한가함
*千古(천고):영원한 세월
*斗室(두실):좁은 방
*兩間(양간):하늘과 땅 사이

56
다스릴 수 있으면 세속적인 마음도 진리가 된다

무풍월화류　　불성조화　　　무정욕기호　　불성심체
無風月花柳면 不成造化하고 無情欲嗜好면 不成心體라.

지이아전물　　　불이물역아　　　즉기욕　　막비천기
只以我轉物하고 不以物役我면 則嗜慾도 莫非天機요,

진정　　　즉시리경의
塵情도 則是理境矣라.

해석　바람과 달, 꽃과 버들이 없으면 천지의 조화도 이루어지지 못하고, 정욕과 기호가 없으면 마음의 본체가 이루어질 수 없다. 다만, 내 의지로 사물을 움직이고 사물에 얽매여 내가 부림을 당하지 않는다면 기호와 정욕도 천지의 작용 아닌 것이 없고, 세속적인 마음도 곧 진리의 경지가 된다.

♣ 한자 익히기

柳:버들 류 嗜:즐길 기 慾:탐낼 욕, 욕심 욕 轉:돌릴 전
塵:티끌 진, 오래될 진 莫:말 막, 나물 모

♠ 뜻풀이
*造化(조화):조물주의 기교
*心體(심체):마음의 본체
*嗜慾(기욕):기호와 정욕
*天機(천기):하늘의 작용
*塵情(진정):세속적인 마음
*理境(이경):진리의 경지

57
남에게 들은 말은 담아 두지 말라

이근　　사표곡투향　　과이불류　　즉시비구사
耳根은 似**颷谷投響**하여 過而不留하면 則**是非俱謝**하고,

심경　　여월지침색　　공이불착　　즉물아양망
心境은 如**月池浸色**하여 空而不著하면 則**物我兩忘**이라.

해 석　귀는 마치 거센 바람이 골짜기를 울리는 것과 같이 지나가 버린 뒤 남겨 두지 않으면 시비도 함께 없어진다. 마음은 마치 달빛이 연못에 잠기듯 텅 비우고 집착을 버리면 사물과 나를 둘 다 잊게 된다.

♣ 한자 익히기

根:뿌리 근　響:울림 향　池:연못 지　著:붙을 착, 지을 저

浸:빠질 침

♠ 뜻풀이
*耳根(이근):귀
*颷谷(표곡):광풍이 부는 골짜기
*投響(투향):메아리 침
*俱謝(구사):함께 사라짐
*月池浸色(월지침색):못에 비치는 달빛
*空而不著(공이불착):텅 비어 집착하지 않음

58
인생 바다를 건너는 지혜

석씨수연　　오유소위　　사자　　시도해적부낭
釋氏隨緣과 吾儒素位의 四字는 是渡海的浮囊이라.

개세로망망　　일념구전　　즉만서분기
蓋世路茫茫하여 一念求全하면 則萬緒紛起하니

수우이안　　즉무입부득의
隨寓而安이면 則無入不得矣라.

해석 불교에서 말하는 '수연(隨緣)'과 우리 유가에서 말하는 '소위
(素位)'이 넉 자는 바다를 건너는 부낭이다. 대개 세상을 살아가는
길은 아득히 먼 것이어서, 한결같은 생각으로 완전한 것만을 구한다
면 만 가지 잡념의 실마리가 어지럽게 일어나게 되니, 경우에 따라서
는 안주하면 어디를 가든지 얻지 못함이 없을 것이다.

♣ 한자 익히기
釋:풀 석　渡:건널 도　茫:아득할 망　緒:실마리 서
寓:살 우, 맡길 우

♠ 뜻풀이
*釋氏(석씨):석가, 불교　*隨緣(수연):인연을 따름
*素位(소위):자기 본분을 지켜 행함
*浮囊(부낭):바다를 건널 때 쓰는 가죽으로 만든 도구
*茫茫(망망):아득히 먼 모양
*萬緒(만서):만 갈래 생각의 실마리　*紛起(분기):어지럽게 일어남
*無入不得(무입부득):가는 곳마다 깨달음을 얻지 못함이 없음.

채근담

제 2 부

세상 사는 지혜

1
아부가 나쁜 이유

서수도덕자   적막일시   의아권세자   처량만고
棲守道德者는 寂寞一時나 依阿權勢者는 凄凉萬古라.

달인   관물외지물   사신후지신
達人은 觀物外之物하고 思身後之身하니

영수일시지적막   무취만고지처량
寧受一時之寂寞이언정 毋取萬古之凄凉하라.

해석 도덕을 지키는 자는 한때 적막하나 권세에 아부하는 자는 만고에 처량하다. 달관한 사람은 물욕 밖의 진리를 보고 죽은 후의 명예를 생각하니, 차라리 한때 적막할지언정 만고에 처량하게 되어서는 안 된다.

♣ 한자 익히기
棲:깃들 서 阿:아첨할 아 凄:바람찰 처 凉:서늘할 량
寧:편안할 녕, 차라리 녕 毋:하지 말 무

♠ 뜻풀이
*棲守(서수):간직하여 지키다
*依阿(의아):의지하고 아첨함
*萬古(만고):영원
*達人(달인):사물의 이치에 통달한 사람
*物外之物(물외지물):사물 밖의 사물이란 뜻으로 세속의 지위나 재산이 아닌 진리 등을 말한다
*身後之身(신후지신):직역하면 죽은 후의 몸이란 뜻으로 죽은 후의 명예, 평판 등을 말한다

2
경험을 쌓아갈 때 경계해야 할 점

섭세천   점염역천   역사심   기계역심
涉世淺하면 點染亦淺하고 歷事深하면 機械亦深이라.

고   군자   여기련달   불약박로
故로 君子는 與其練達로 不若朴魯하고

여기곡근   불약소광
與其曲謹으로 不若疎狂이라.

해석 세상 경험이 적으면 때묻음 역시 적고, 겪은 일이 깊으면 수단
역시 깊다. 그러므로 군자는 숙달하기보다는 차라리 소박한 편이 낫
고, 치밀하기보다는 차라리 소탈한 것이 낫다.

♣ 한자 익히기

涉:건널 섭, 걸을 섭 淺:얕을 천 深:깊을 심

曲:굽을 곡, 곡진할 곡 謹:삼갈 근 疎:거칠 소 狂:미칠 광

♠ 뜻풀이
*涉世(섭세):세상 경험
*點染(점염):세상살이의 때가 물드는 것
*機械(기계):본래 교묘한 구조를 지닌 기구라는 뜻. 흔히 간교한 지혜라는
뜻으로 쓰인다
*與基~不若…(여기~불약):~ 이 …보다 못하다
*練達(연달):노련하고 숙달됨
*曲謹(곡근):철저히 조심함
*朴魯(박로):소박하고 재주가 없고 미련함
*疎狂(소광):소탈하고 거칠다는 뜻. 잔 일에 얽매이지 않음

3
하루라도 기쁨이 없어서는 안 된다

질풍노우　　금조척척　　　제일광풍　　　초목흔흔
疾風怒雨엔 禽鳥戚戚하고 霽日光風엔 草木欣欣하니

가견천지　　　불가일일무화기
可見天地에 不可一日無和氣요

인심　　　불가일일무희신
人心에 不可一日無喜神이라.

해석　거센 바람과 성난 비에는 새들도 걱정스러워 어쩔 줄을 모르고, 날씨가 개어 화창한 날 산들바람이 불면 초목도 기뻐하는 듯하다. 이로써 보면 천지에 하루라도 화평한 기운이 없어서는 안 되고, 사람의 마음에는 하루도 기쁨이 없어서는 안 된다.

♣ 한자 익히기

禽:새 금 鳥:새 조 草:풀 초 木:나무 목 無:없을 무

♠ 뜻풀이
*疾風(질풍):세차게 부는 바람
*怒雨(노우):성난 듯 줄기차게 내리는 비
*戚戚(척척):근심하고 슬퍼하는 모습
*霽一(제일):개인 날씨
*光風(광풍):화창한 날 부는 바람
*欣欣(흔흔):기뻐하는 모습
*和氣(화기):화평한 기운
*喜神(희신):기뻐하는 마음. 神은 정신

4
평범한 행실 속에 성인의 도가 있다

농비신감　　비진미　　진미　　지시담
醲肥辛甘이 非眞味요 眞味는 只是淡하며,

신기탁이　　비지인　　지인　　지시상
神奇卓異가 非至人이요 至人은 只是常이라.

해 석　진한 술과 기름진 고기, 맵고 달콤한 음식이 진미가 아니고, 진미는 담백한 것이다. 신기하고 뛰어난 재주를 가져야 지인이 아니라, 지인은 평범하다.

♠ 뜻풀이
*醲肥(농비):진한 술과 기름진 고기
*辛甘(신감):맵고 단 음식
*眞味(진미):참으로 맛있는 음식. 산해진미
*神奇卓異(신기탁이):신기한 재주와 남달리 뛰어난 행실
*至人(지인):도(道)에 통달한 사람. 덕(德)이 높은 성인(聖人)

5
긴장할 때와 여유를 찾을 때

천지　　　적연부동　　　이기기　　　무식소정
天地는 寂然不動하되 而氣機는 無息少停하고

일월　　주야분치　　　이정명　　만고불역　　　고　　군자
日月은 晝夜奔馳하되 而貞明은 萬古不易이라. 故로 君子는

한시　　요유끽긴적심사　　　망처　　　요유유한적취미
閑時에 要有喫緊的心思하고 忙處에 要有悠閑的趣味라.

해석　천지는 고요하여 움직이지 않지만 그 활동은 잠시도 쉬지 않고, 해와 달은 밤낮으로 달리지만 그 밝음은 영원히 바뀌지 않는다. 그러므로 군자는 한가할 때에 긴장된 마음을 가져야 하고, 바쁠 때에는 유유자적하는 맛이 있어야 한다.

♣ 한자 익히기

息:쉴 식, 숨쉴 식 少:잠깐 소, 적을 소, 젊을 소

閑:한가할 한. 한(閑)과 같음 喫:먹을 끽

♠ 뜻풀이

*寂然不動(적연부동):고요하여 움직이지 않음
*氣機(기기):움직이는 기미. 운동. 작용
*晝夜(주야):낮과 밤 *奔馳(분치):바삐 달리는 것
*貞明(정명):항상 밝은 것 *閑時(한시):한가한 때
*要有~(요유):~ 이 있어야 함
*喫緊的心思(끽긴적심사):갑작스러운 변에 대비하는 마음
*忙處(망처):바쁠 때
*悠閑(유한):유유하고 한가함. 마음에 여유가 있음

6
물건에 욕심 내면 꼿꼿한 마음을 잃는다

여구현장자   다빙청옥결   곤의옥식자   감비슬노안

藜口莧腸者는 多氷淸玉潔하고 袞衣玉食者는 甘婢膝奴顏이라.

개지이담박명   이절종비감상야

蓋志以澹泊明하고 而節從肥甘喪也라.

해석   명아주국으로 입을 달래고 비름나물로 창자를 채우는 사람은
얼음처럼 맑고 옥처럼 깨끗한 사람이 많고, 비단 옷을 입고 기름진
고기를 먹는 사람은 남에게 굽실거리고 아첨하는 종 노릇을 달게 여
긴다. 지조는 담박하면 밝아지고, 절개는 사치를 탐내면 잃게 된다.

♣ 한자 익히기
藜:명아주 려   莧:비름 현   腸:창자 장   氷:얼음 빙   袞:곤룡포 곤
婢:여종 비   膝:무릎 슬   奴:노예 노   顏:얼굴 안
澹:맑을 담   泊:말쑥할 박, 배 머무를 박

♠ 뜻풀이
*藜口莧腸(여구현장):명아주국을 먹고 비름나물로 창자를 채우다. 즉 거
친 음식을 먹는다는 뜻
*氷淸玉潔(빙청옥결):얼음처럼 맑고 옥처럼 깨끗함. 지조가 고결함을 비유
*袞衣(곤의):곤룡포. 왕이나 고관이 입는 화려한 옷
*玉食(옥식):기름지고 맛있는 음식
*婢膝奴顏(비슬노안):여종이 무릎으로 기고, 사내 종이 굽실거리는 것
*澹泊(담박):청렴결백   *肥甘(비감):기름지고 맛이 있는 음식

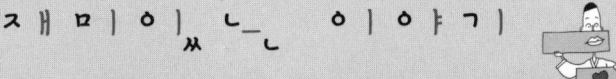
조선 현종(顯宗) 때 공조 참판을 지낸 김좌명(金佐明)에게 똑똑한 하인이 있었다.

김좌명은 그의 영특함이 아까워서 아전을 시키고 부잣집에 장가 들도록 주선해 주었다. 그런데 하루는 그 하인의 어머니가 찾아와 아들의 벼슬을 떼어 달라고 애원하는 것이 아닌가? 천한 신분의 자식에게 아전 자리를 주었는데 이를 떼어 달라니! 이상하게 여긴 김좌명이 까닭을 물었더니 그의 어머니의 대답이 이러했다.

"그 아이가 예전 가난한 때에는 보리밥, 시래기국도 달게 먹었는데, 벼슬을 하고 부잣집에 장가든 후부터는 뱅어국도 맛이 없다고 타박을 합니다. 하나밖에 없는 아들이 그러다가 무슨 죄를 짓고 형장에 끌려갈 것만 같아 조바심이 나 견딜 수가 없습니다."

7
친구를 사귈 때의 마음가짐

교우　　수대삼분협기
交友엔 須帶三分俠氣요,

작인　　요존일점소심
作人엔 要存一點素心이라.

해석　벗을 사귐에는 모름지기 3분의 의협심을 지녀야 하고, 사람됨에는 요컨대 순수한 마음이 있어야 한다.

♣ 한자 익히기

交:사귈 교　須:모름지기 수, 잠깐 수　帶:띠 대　俠:의기 협

素:흴 소

♠ 뜻풀이
*交友(교우):벗을 사귐
*三分(삼분):10분의 3
*俠氣(협기):의협심. 희생심
*素心(소심):순수한 마음. 순결한 마음

　신라 진평왕 때 검군(劒君)이란 사람이 있었다. 어느 해 흉년이 들어 동료들이 궁궐 창고에 있는 곡식을 훔쳐 나누어 가졌다. 검군만이 배당된 곡식을 받지 않자, 동료들은 그를 죽여 비밀을 유지하기로 모의하였다. 그런 사실을 미리 알게 된 근랑이라는 화랑이 검군에게 어서 피하라고 일러주자 검군은 다음과 같이 말했다.

　"내가 죽을 것을 두려워하여 여러 친구의 죄를 고발하는 짓은 차마 못하겠으며, 내게 잘못이 없는데 도망가는 것은 장부가 할 짓이 아니오."

　그는 마침내 동료들이 주는 독주를 마시고 죽었다.

8
눈앞의 이익보다는 덕을 쌓도록 하라

총리   무거인전   덕업   무락인후
寵利엔 毋居人前하고 德業엔 毋落人後하라.

수향   무유분외   수위   무감분중
受享엔 毋踰分外하고 修爲엔 毋減分中하라.

해석   혜택과 이익을 얻는 데 남보다 앞장서지 말고, 덕업을 닦는 데는 남보다 뒤지지 말라. 남에게서 받는 보수는 분수를 넘지 않도록 하고, 수양하는 데는 분수 이하로 줄이지 말라.

♣ 한자 익히기

寵:사랑할 총 居:살 거 德:큰 덕, 덕행 덕 享:누릴 향 踰:넘을 유
分:분수 분, 나눌 분 修:닦을 수

♠ 뜻풀이
*寵利(총리):총애와 이익
*德業(덕업):덕성스러운 일. 덕과 공업
*受享(수향):남에게 받는 일
*分外(분외):분수 밖
*修爲(수위):수양. 몸을 닦아 실천함
*分中(분중):분수의 범위 내

ㅈㅐㅁㅣㅇㅆㄴ ㅇㅣㅇㅑㄱㅣ

조선 세종 때의 사람 최치운(崔致雲)이 한번은 중국에 사신으로
다녀오니 임금이 일을 잘 처리하였다고 논밭과 노비를 상으로 내렸
다. 최치운은 한사코 이를 사양하고는 술에 취해 집에 돌아왔다. 기
분이 좋아 보이는 남편이 이상하여 부인이 무슨 일이 있었느냐고
물었다. 그러자 최치운은 이렇게 대답했다.

"오늘 상감께서 내 청을 들어 주셨거든. 그래서 한잔했소."

"무슨 청이기에 그리도 기분이 좋으셔요?"

"응, 내게 아무 공도 없는데 논밭과 노비를 내리신다는 명을 내리
시기에 사양했더니 다시 거두셨거든."

"참 좋기도 하시겠구려. 어려운 살림에 모른 체하고 받아두시
지……."

9
후회할 때를 생각하면 미리 막을 수 있다

포후　사미　즉농담지경　도소　색후사음
飽後에 思味면 則濃淡之境이 都消하며, 色後思婬하면

즉남녀지견　진절　고　인상이사후지회오
則男女之見이 盡絕이라. 故로 人常以事後之悔悟로

파림사지치미　즉성정이동무부정
破臨事之癡迷면 則性定而動無不正이라.

해석 배부른 뒤에 음식 맛을 생각하면 기름지고 담백한 맛의 구분이 전혀 없게 되고, 관계한 뒤에 욕정을 생각하면 남자와 여자의 구별이 없어진다. 그러므로 사람이 언제나 일을 마친 후의 후회로써 일을 시작할 때의 어리석음을 깨뜨린다면, 성질이 안정되어 행동을 그르치는 일이 없을 것이다.

♣ 한자 익히기

飽:배부를 포, 물릴 포　境:경계 경　色:빛 색

都:모두 도, 도회 도, 거느릴 도　絕:끊어질 절　悔:뉘우칠 회

悟:깨달을 오　破:깨뜨릴 파　癡:어리석을 치　迷: 어두울 미

♠ 뜻풀이

*濃淡之境(농담지경):음식의 맛있고 없음에 대한 구별
*思婬(사음):색에 대해 생각함
*男女之見(남녀지견):남과 여에 대한 의식, 성욕
*臨事(임사):일을 처음 시작할 때
*癡迷(치미):어리석음과 미혹됨
*性定(성정):본성이 정해짐　*悔悟(회오):후회

10
마음은 넘치지도 메마르지도 않는 정도가 좋다

염두농자   자대후   대인역후   처처개농
念頭濃者는 自待厚하고 待人亦厚하여 處處皆濃하며

염두담자   자대박   대인역박   사사개담
念頭淡者는 自待薄하고 待人亦薄하여 事事皆淡이라.

고   군자   거상기호   불가태농염   역불의태고적
故로 君子는 居常嗜好에 不可太濃艶하며 亦不宜太枯寂이라.

해석 마음이 후덕한 사람은 자신에게 후하고 남에게도 후하여 이르는 곳마다 후하다. 마음이 담담한 자는 자신에게 박하고 남을 대접함에도 박하여 하는 일마다 담담하다. 그러므로 군자는 보통 때의 기호를 너무 지나칠 정도로 후하고 아름답게 하는 것도 옳지 않고 또한 너무 메마르고 쓸쓸하게 해서도 안 된다.

♣ 한자 익히기
念:생각할 념 頭:머리 두 待:대접할 대 處:곳 처 薄:박할 박

♠ 뜻풀이
*念頭(염두):생각. 마음
*自待(자대):자신을 대접함
*處處(처처):곳곳마다
*待人(대인):남을 대접함
*居常(거상):보통 때. 일상(日常)
*嗜好(기호):좋아함
*濃艶(농염):농후하고 아름다움
*枯寂(고적):메마르고 쓸쓸함

11
너그러운 사람이 될 것인가, 엄격한 사람이 될 것인가

처치세　　의방　　　처난세　　의원　　　처숙계지세
處治世엔 宜方하고 處亂世엔 宜圓하며 處叔季之世엔

당방원병용　　　대선인　　의관
當方圓並用이라. 待善人엔 宜寬하고

대악인　　의엄　　　대용중지인　　　당관엄호존
待惡人엔 宜嚴하며 待庸衆之人엔 當寬嚴互存이라.

해석　　태평 시대에는 방정해야 하고, 어지러운 세상에는 원만해야 하며, 평범한 세상에는 방정함과 원만함을 함께 써야 한다. 선한 사람을 대할 때는 너그럽게 해야 하고, 악한 사람을 대할 때는 엄격해야 하며, 평범한 사람을 대할 때는 너그러움과 엄격함을 함께 지녀야 한다.

♣ 한자 익히기

處:곳 처, 거처할 처, 정할 처　宜:마땅할 의　亂:어지러울 란

圓:둥글 원　季:끝 계, 막내 계　叔:작은아버지 숙

♣ 뜻풀이

*治世(치세):잘 다스려지는 세상. 태평 시대

*方(방):행동이 방정함　*亂世(난세):어지러운 세상

*叔季之世(숙계지세):말세. 여기서는 치세와 난세의 중간적 시대의 의미로 쓰였음

*庸衆之人(용중지인):평범한 사람　*互存(호존):아울러 지님

12
부자는 만족을 모르고 유능한 자는 원망하는 이가 많다

<table>
<tr><td>사자</td><td>부이부족</td><td></td><td>하여검자</td><td>빈이유여</td></tr>
</table>

奢者는 富而不足하나니 何如儉者의 貧而有餘리오.

<table>
<tr><td>능자</td><td>노이부원</td><td></td><td>하여졸자</td><td>일이전진</td></tr>
</table>

能者는 勞而府怨하나니 何如拙者의 逸而全眞이리오?

해석 사치스러운 사람은 아무리 부유해도 만족을 모르니, 검소하게 사는 사람이 가난하면서도 만족하게 여기며 사는 것만도 못하다. 능력 있는 자는 수고로움은 많아도 원망을 쌓으니, 서툰 사람이 편안한 가운데 천성을 지키는 것만 못하다.

♣ 한자 익히기

奢:사치스러울 사, 조카사위 사 儉:검소할 검 餘:남을 여 能:능할 능 勞:수고로울 로 府:마을 부 拙:어리석을 졸 逸:편안할 일

♠ 뜻풀이

*富而不足(부이부족):부유하면서도 부족을 느끼는 것
*貧而有餘(빈이유여):가난하면서도 여유가 있는 것
*能者(능자):일에 능숙한 사람
*勞而府怨(노이부원):수고롭게 일하면서도 원망을 사는 것
*拙者(졸자):일에 서툰 사람
*逸而全眞(일이전진):편안하고 천성을 그대로 보전함

 재미있는 이야기

아정 이덕무(李德懋)와 혜풍 유득공(柳得恭)은 정조 시대 사검서 (四檢書)로 당대에 문명이 높았다. 둘이 만나면 자주 술을 마셨는 데, 하루는 돈이 떨어지자 유득공이 집에 있던 《맹자(孟子)》한 질 을 팔아 술집으로 갔다. 그렇게 산 술을 다 마시고 난 유득공은,

"《맹자》한 질을 이제야 뱃속에 넣었군." 하였다.

다음 번에는 이덕무가 자신의 책을 팔아 술값을 냈다 한다.

또 이덕무의 일기에는 다음과 같은 대목이 나온다.

"내 작은 초가가 너무 추워 입김이 서려 성에가 되어 이불깃에서 와삭와삭 소리가 난다. 밤중에 일어나 책을 펴 이불 위에 죽 덮어 추위를 막았으니 망정이지 그렇지 않았으면 얼어 죽었을 것이다."

13
배운 바를 실천하고 이웃을 사랑하라

독서　　　불견성현　　　위연참용　　　거관　　　불애자민
讀書하되 不見聖賢하면 爲鉛槧庸이요, 居官하되 不愛子民하면

위의관도　　　강학　　　불상궁행　　　위구두선
爲衣冠盜라. 講學하되 不尙躬行이면 爲口頭禪이요,

입업　　　불사종덕　　　위안전화
立業하되 不思種德하면 爲眼前花라.

해석　책을 읽으면서 성현을 보지 못하면, 그 사람은 글씨를 베끼는 필생(筆生)에 지나지 않으며, 벼슬에 있으면서 백성을 사랑하지 않으면 의관을 갖춘 도둑에 지나지 않는다. 학문을 하면서도 몸소 실천하지 않으면 말로만 하는 참선에 그칠 것이요, 사업을 하면서 은덕을 베풀지 않으면 금방 시드는 꽃이 된다.

♣ 한자 익히기

賢:어질 현　鉛:납 연　槧:서판 참　冠:갓 관　庸:쓸 용. 여기서는 고용한다는 뜻　盜:도둑 도　講:강론할 강　尙:숭상할 상　躬:몸 궁
禪:참선할 선　種:심을 종

♠ 뜻풀이

*鉛槧庸(연참용):글을 베끼는 고용인. 서노(書奴)
*子民(자민):백성　　*躬行(궁행):몸소 실천함
*衣冠盜(의관도):의관을 갖춘 도둑. 탐관 오리를 뜻한다
*口頭禪(구두선):말로만 하는 참선　　*種德(종덕):은덕을 심음
*眼前花(안전화):눈앞에 잠깐 피었다가 곧 시드는 꽃

재미있는 이야기

조선 정조 때 제주도에 큰 흉년이 들었다. 이 때 빈민들을 구제한 것은 조정이나 제주 목사가 아니라 미천한 기녀 출신의 만덕이란 여인이었다. 만덕은 어려서 기적(妓籍)에 들어 가난에서 벗어나기 위해 악착스레 돈을 벌었다. 그런데 막상 많은 돈을 모으고 보니 그 돈은 자신을 위한 돈이 아님을 알게 되었다. 그래서 흔쾌히 돈과 곡식을 내어 빈민들을 구제한 것이다. 나라에서는 만덕의 가상한 마음을 기리기 위해 소원대로 궁궐로 초대하고 금강산 구경을 시켜주었다.

14
기쁨은 슬픔 속에서 싹튼다

고심중   상득열심지취
苦心中에 常得悅心之趣하고

득의시   변생실의지비
得意時에 便生失意之悲니라

해석 　마음이 괴로울 때에 항상 마음을 기쁘게 하는 멋을 가져야 하고, 일이 뜻대로 될 때에 문득 일이 실패했을 때의 슬픔이 싹트게 된다.

♣ 한자 익히기
苦:괴로울 고, 가난할 고　常:항상 상　悅:기쁠 열　趣:취미 미
悲:슬플 비

♠ 뜻풀이
*苦心(고심):마음이 괴로운 것
*得意(득의):뜻을 얻었을 때
*悅心之趣(열심지취):마음을 기쁘게 하는 멋
*失意之悲(실의지비):실의에 잠기는 슬픔

15
모두의 마음속에 참다운 글과 음악이 숨어 있다

인심　　　유일부진문장　　　　　도피잔편단간봉고료
人心에 有一部眞文章이로되 都被殘編斷簡封錮了 하며

유일부진고취　　　도피요가염무인몰료
有一部眞鼓吹로되 都被妖歌艶舞湮沒了 하니

학자　　수소제외물　　　직멱본래　　　재유개진수용
學者는 須掃除外物하고 直覓本來하여 纔有個眞受用하라.

해석　사람의 마음속에는 저마다 하나의 참다운 문장(文章)이 있지만 모두 옛사람이 남긴 조각 글에 묻혀 있고, 또 한 곡조의 참다운 음악이 있지만 모두 요염한 가무에 파묻혀 없어진다. 그러므로 배우는 사람은 모름지기 외물을 쓸어버리고 곧바로 본래의 것을 찾아야만 겨우 참된 것을 받아들이게 된다.

♣ 한자 익히기

部:떼 부, 거느릴 부　章:글 장　被:입을 피　殘:남을 잔, 쇠잔할 잔, 나머지 잔　編:엮을 편　斷:끊어질 단　簡:편지 간, 간소할 간, 진실로 간　鼓:북 고　吹:맛볼 취　妖:요사스러울 요, 아양부릴 요　艶:아름다울 염　舞:춤 무　湮:떨어질 인　沒:없어질 몰　掃:쓸 소　覓:찾을 멱

♣ 뜻풀이
*眞文章(진문장):참다운 문장
*殘編(잔편):옛사람이 남긴 책
*斷簡(단간):조각난 글. 편지

102

*封錮(봉고):갇히다
*鼓吹(고취):북을 치고 피리를 부는 것. 음악
*妖歌(요가):요염한 노래
*艶舞(염무):요염한 춤
*湮沒(인몰):파묻혀 없어짐
*掃除(소제):쓸어 없애는 것
*外物(외물):외부의 사물. 외부의 유혹

16
따뜻한 봄의 생기가 만물을 움트게 하듯이

학자　　　　요유단긍업적심사　　　　　우요유단소쇄적취미
學者는 要有段兢業的心思하고 又要有段瀟灑的趣味라.

약일미렴속청고　　　시　　　유추살무춘생
若一味斂束淸苦하면 是는 有秋殺無春生이니

하이발육만물
何以發育萬物이리오?

해 석　　배우는 사람은 일단 일을 조심스럽게 처리하는 마음을 지녀야 하고, 또 맑고 시원한 취미를 지녀야 한다. 만약 한결같이 규칙만 따라 지나치게 결백하기만 하면, 가을의 살벌한 기운만 있고 따스한 봄의 생기가 없을 터이니 무엇으로 만물을 자라게 할 수 있겠는가?

♣ 한자 익히기

兢:조심할 긍, 굳셀 긍　瀟:맑을 소　灑:물 뿌릴 쇄　斂:거둘 렴
束:묶을 속　苦:괴로울 고　育:기를 육

♠ 뜻풀이
*兢業(긍업):일을 삼감. 일을 조심스럽게 처리함
*瀟灑(소쇄):산뜻하고 깨끗함
*一味(일미):한 가지의 맛. 변화가 없이 한결같음
*斂束(염속):거두어 묶음　　*淸苦(청고):지나치게 맑음
*秋殺(추살):만물을 시들게 하는 가을의 기운
*春生(춘생):만물을 소생시키는 봄의 기운

17
참된 청렴과 큰 기교

眞廉은 無廉名이니 立名者는 正所以爲貪이요,

대교　　무교술　　　용술자　　　내소이위졸
大巧는 無巧術이니 用術者는 乃所以爲拙이라.

해석 참된 청렴에는 청렴이라는 이름이 없으니, 청렴하다는 이름을 얻고자 하는 이는 바로 탐욕스럽기 때문이다. 큰 기교가 있는 사람은 교묘한 술책을 부리지 않으니, 교묘한 술책을 부리는 자는 바로 재주가 졸렬하기 때문이다.

♣ 한자 익히기

廉:청렴할 렴　貪:탐욕스러울 탐　術:꾀 술　拙:못날 졸

♠ 뜻풀이

*眞廉(진렴):참다운 청렴
*立名者(입명자):이름을 세우는 사람
*大巧(대교):크게 똑똑함
*用術(용술):술책을 부림

재미있는 이야기

　조선 중종 때 학자인 김안국(金安國)은 청렴하기로 유명하였다. 그가 고양(高陽)에 물러나 있을 때 한번은 동생 김정국(金正國)이 찾아왔다. 둘이 이야기를 나누고 있는데 한 노인이 수박을 들고 와 바치니, 김안국은 얼른 받고는 장부에 그 사람의 이름과 물건 이름을 적는 것이었다. 형의 행동에 깜짝 놀란 김정국이 물었다.

　"아니, 그까짓 하찮은 물건은 받아 무엇하시려고 청렴한 이름을 더럽히십니까?"

　그러자 김안국은 껄껄 웃으며 이렇게 말했다.

　"순박한 시골 노인네의 정성을 어찌 내 청렴을 위해 거절하겠는가?"

　다시 아우가 물었다.

　"받으셨으면 그만이지 장부에 기록까지 할 것은 없지 않습니까?"

　김명국이 대답하였다.

　"책에 이렇게 적어두지 않으면 잊어버리기 쉽지. 남의 은혜를 잊는 것도 도리가 아니지 않겠는가?"

18
성질이 급한 사람, 베풀 줄 모르는 사람, 고집이 센 사람

조성자　　　화치　　　우물즉분　　　과은자　　　빙청
燥性者는 火熾하여 遇物則焚하고 寡恩者는 氷淸하여

봉물필살　　　응체고집자　　　여사수부목
逢物必殺하며 凝滯固執者는 如死水腐木하여

생기이절　　　구난건공업이연복지
生機已絶하니 俱難建功業而延福祉니라.

[해석] 성질이 조급한 이는 타는 불꽃과 같아서 만나는 것마다 태워
버리고, 은덕이 적은 이는 싸늘한 얼음과 같아서 만나는 것마다 반드
시 죽이고 말며, 꽉 막혀 고집이 센 사람은 고인 물이나 썩은 나무와
같아서 생기가 이미 끊어져 공적을 세우고 복을 맞아들이기 어렵다.

♣ 한자 익히기

燥:마를 조, 녹일 조　熾:활활 탈 치　遇:만날 우　焚:탈 분　寡:적을
과　恩:은혜 은　逢:만날 봉　凝:엉길 응　滯:막힐 체　執:잡을 집
腐:썩을 부　俱:함께 구　延:맞을 연　祉:복 지

♠ 뜻풀이
*燥性者(조성자):성질이 급한 사람
*火熾(화치):불꽃　*福祉(복지):복
*寡恩者(과은자):은혜를 베푸는 데 인색한 사람
*氷淸(빙청):얼음처럼 맑음
*凝滯固執者(응체고집자):꽉 막혀 고집이 센 사람
*死水(사수):고인 물. 썩은 물　*腐木(부목):썩은 나무

19
가진 즐거움보다 더 큰 즐거움

인지명위위락   부지무명무위지락위최진
人知名位爲樂하고 不知無名無位之樂爲最眞하며,

인지기한위우   부지불기불한지우위갱심
人知饑寒爲憂하고 不知不饑不寒之憂爲更甚이라.

해석 사람들은 명예와 지위가 즐거운 것인 줄만 알고, 명예와 지위가 없는 즐거움이 가장 참된 즐거움인 줄을 모른다. 사람들은 배고프고 추운 것만 근심인 줄 알고, 굶주림과 추위에 떨지 않는 근심이 더욱 심한 근심거리임을 모른다.

♣ 한자 익히기

位:지위 위, 바를 위 樂:즐거울 락 最:가장 최 眞:참 진 饑:굶주릴 기 寒:추울 한 憂:근심 우 更:다시 갱, 고칠 경, 대신할 경 甚:심할 심

♠ 뜻풀이

*名位(명위):명예와 지위
*無名無位之樂(무명무위지락):명예와 지위가 없는 즐거움
*最眞(최진):가장 참된 즐거움
*饑寒(기한):굶주리고 추위에 떠는 것
*不饑不寒之憂(불기불한지우):굶주리지 않고 추위에 떨지 않는 근심
*更甚(갱심):더욱 심한 근심

　조선 중종 때 사람 남포(南褒)는 권신으로 유명한 남곤(南袞)의 동생이다. 그는 형이 권력에 눈이 어두워 날뛰는 것을 보다 못하여 거짓으로 눈이 멀었다고 핑계를 대고는 벼슬에서 물러나 무명 옷과 해진 갓을 쓰고 전국을 유람하며 일생을 마쳤다. 형은 더러운 이름을 역사에 남긴 반면 그는 깨끗한 이름을 역사에 남겼다.

20
착한 마음 속에 악한 마음이 숨어 있다

위악이외인지　　　악중　　　유유선로
爲惡而畏人知는 惡中에 猶有善路요,

위선이급인지　　　　　선처즉시악근
爲善而急人知는 善處卽是惡根이라.

해석 악한 일을 하고 나서 사람들이 알까 두려워하는 것은 악한 중에도 선한 마음이 있기 때문이요, 선한 일을 하고서 사람들이 알아주기를 바라는 것은 선을 행하는 것이 바로 악의 근원이기 때문이다.

♣ 한자 익히기

惡:악할 악, 미워할 오　畏:두려울 외　猶:오히려 유　善:착할 선
路:길 로　急:급할 급　知:알 지　處:처할 처, 곳 처, 정할 처
根:뿌리 근

♠ 뜻풀이
*畏人知(외인지):남이 알까 두렵다
*善路(선로):선을 행하는 길, 선을 행하려는 마음
*急人知(급인지):남이 알아주기를 급히 여김
*惡根(악근):악의 근원

ㅈ ㅐ ㅁ ㅣ ㅇ ㅣ ㅆ ㄴ ㅡ ㄴ   ㅇ ㅣ ㅇ ㅑ ㄱ ㅣ

　중국 춘추시대 초(楚)나라의 대부(大夫)로 손숙오(孫叔敖)란 사람
이 있었다. 그가 어렸을 때의 일이다. 하루는 울면서 돌아온 아들을
보고 어머니가 까닭을 물었다. 손숙오가 말하기를,

　"제가 오늘 머리 둘 달린 뱀을 보았습니다. 그 뱀을 보면 곧 죽는
다고 하기에 울었습니다."

　하였다.

　"그래, 그 뱀을 어떻게 하였느냐?"

　"저는 이미 보았으니 할 수 없지만 남이 보고 저와 같은 일을 당
하지 않도록 죽여서 묻었습니다."

　그 말을 듣자 어머니가 아들의 등을 두드리며 말했다.

　"너는 죽지 않을 테니 걱정하지 말거라. 남을 위해 그런 훌륭한
일을 하였는데 어찌 불행을 내리겠느냐?"

채
근
담

21
운명에 순응하고 편안할 때 위태로움을 생각하라

천지기함　　　불측　　　억이신　　　신이억
天地機緘은 不測하여 抑而伸하고 伸而抑하니

개시파롱영웅　　　　　　전도호걸처　　군자　　　지시역래순수
皆是播弄英雄하고 顚倒豪傑處라. 君子는 只是逆來順受하고

거안사위　　　　　천역무소용기기량의
居安思危하니 天亦無所用其技倆矣라.

[해석] 하늘의 조화는 헤아릴 길이 없어 눌렀다가 펴고, 폈다가는 다시 억누르니, 모두 영웅을 조롱하고 호걸을 넘어뜨리는 것이다. 군자는 다만 거슬리는 운명이 와도 순순히 받아들이고 편안한 때에는 위태로움을 생각하니, 하늘도 그 재주를 사용하지 못한다.

♣ 한자 익히기

緘:봉할 함, 묶을 함　測:헤아릴 측　抑:누를 억　伸:펼 신　播:심을 파　弄:희롱할 롱　英:꽃뿌리 영　雄:수컷 웅, 웅장할 웅, 영웅 웅　豪:호걸 호　傑:호걸 걸　逆:거스릴 역　倆:재주 량

♠ 뜻풀이

*機緘(기함):알 수 없는 기밀(機密)
*不測(불측):헤아리기 어렵다
*抑而伸(억이신):억제하였다가 신장시킴
*伸而抑(신이억):신장시켰다가 억제시킴
*逆來順受(역래순수):역경이 오더라도 순순히 받아들임
*居安思危(거안사위):편안할 때 위태로움을 생각함
*技倆(기량):재주　*播弄(파롱):회롱함

재미있는 이야기

　조선 연산군 때 대제학을 지낸 홍귀달(洪貴達)은 본래 함양(咸陽)
의 일개 병사였다. 그러다 과거를 보아 이조판서를 거쳐 대제학에
이르렀다. 성품이 강직하여 평소 연산군의 비위를 많이 건드렸는
데, 그의 손녀를 세자빈(世子嬪)으로 들이라는 명을 거역하고 귀양
을 가 사약을 받았다. 그는 집안 식구들과 작별하면서 이렇게 말했
다 한다.

　"다 하늘의 뜻이다. 내가 함양의 일개 병졸로 재상까지 되었으니
부귀가 본래 내 것이 아니었다."

채
근
담

113

재미있는 이야기

　조선 연산군 때 사람 이인(李麟)이 박팽년의 딸에게 장가드는 첫
날밤이었다. 꿈에 한 노인이 나타나 말했다.

　"어서 일어나 내 여덟 아들을 살려 주십시오. 지금 내 아들들이
끓는 물 속으로 들어가고 있습니다."

　이인은 깨어나 이상하다 생각하고 아내를 깨워 부엌으로 나가보
게 하였다. 과연 자라 여덟 마리를 끓이려는 중이었다. 깜짝 놀란
이인은 아내와 함께 자라를 가져다 강물에 풀어주었다. 이튿날 밤
꿈에 다시 그 노인이 나타났다.

　"고맙습니다. 공의 후한 덕은 필시 보상을 받을 것이오."

　과연 이인은 훌륭한 아들 여덟을 두었는데 모두 물에 사는 동물
이름을 붙였다.

22
욕심을 좇기보다는 세상 도리를 좇아라

<table>
<tr><td>천리로상</td><td>심관</td><td>초유심</td><td>흉중</td><td>변각광대굉랑</td></tr>
</table>
天理路上은 甚寬하여 稍遊心이라도 胸中에 便覺廣大宏郞하고,

<table>
<tr><td>인욕로상</td><td>심착</td><td>재기적</td><td>안전</td><td>구시형극니도</td></tr>
</table>
人欲路上은 甚窄하여 纔奇迹이라도 眼前에 俱是荊棘泥塗니라.

해석 하늘의 도리에 맞는 길은 매우 넓어 조금이라도 거기에 뜻을 두면 가슴 속이 넓어지고 밝아지는 것을 느끼게 된다. 사람의 욕심에 따르는 길은 매우 좁아서, 여기에 조그만 발을 들여놓아도 눈앞이 가시덤불과 진흙탕으로 덮여버린다.

♣ 한자 익히기
寬:너그러울 관, 용서 관 稍:조금 초 游:놀 유 胸:가슴 흉
郞:밝을 랑 窄:좁을 착 迹:자취 적 荊:가시 형 棘:가시 극
泥:진흙 니 塗:진흙 도, 길 도

♠ 뜻풀이
*天理路上(천리로상):하늘의 이치에 순응하는 길
*遊心(유심):마음을 쓰다
*廣大宏郞(광대굉랑):넓고 탁 트여 시원함
*人欲路上(인욕로상):사람의 욕심을 따르는 길
*奇迹(기적):발을 들여놓음
*荊棘(형극):가시덤불
*泥塗(니도):진흙탕

23
고생 끝에 얻은 복이 오래 간다

일고일락　　상마련　　　연극이성복자　　기복　　시구
一苦一樂을 相磨練하여 練極而成福者는 其福이 始久하고,

일의일신　　상참감　　　감극이성지자　　기지　　시진
一疑一信을 相參勘하여 勘極而成知者는 其知가 是眞이라.

해석　괴로움과 즐거움을 모두 겪고 얻은 복이라야 그 복이 오래가고, 의심과 믿음을 모두 참작하여 결정을 신중히 한 후에 얻은 지식이라야 그 지식이 참되다.

♣ 한자 익히기

磨:갈 마　練:이길 련, 겪을 련　久:오래 구　疑:의심할 의
信:믿을 신　勘:정할 감　參:참여할 참, 석 삼　眞:참 진

♠ 뜻풀이
*一苦一樂(일고일락):한때의 괴로움과 즐거움
*磨練(마련):갈고 가다듬다. 연마하다
*練極(연극):가다듬기를 극도로 하다
*一疑一信(일의일신):한 번 의심하고 한 번 믿다
*參勘(참감):참작하여 결정하다

24
지나친 욕심을 버려라

해석 사람이 한번 사적인 욕심을 채우기에 마음을 쓰면 꿋꿋한 기상도 녹아 우유부단해지고, 지혜가 막혀 어리석어지며, 어진 마음이 변하여 사나워지고, 깨끗함이 물들어 더러워지니 평생의 인품을 망가뜨리게 된다. 그러므로 옛사람들은 탐욕을 부리지 않는 것을 보배로 삼았으니, 이것이 곧 세상을 초월할 수 있는 방법인 것이다.

♣ 한자 익히기

貪:탐낼 탐, 욕심낼 탐   銷:녹일 소 剛:굳셀 강   柔:부드러울 유
塞:막을 색, 변방 새, 주사위 새 昏:어두울 혼 慘:참혹할 참
染:물들 염 壞:무너뜨릴 괴 寶:보배 보 度:법도 도 越:넘을 월

♠ 뜻풀이

*貪私(탐사):사사로운 욕심을 채우는 것
*銷剛爲柔(소강위유):강한 성품이 녹아 유약해짐
*塞智爲昏(색지위혼):지혜가 막혀 어리석어짐
*變恩爲慘(변은위참):은혜를 베풀려던 어진 마음이 변해 가혹한 사람이 됨
*染潔爲汚(염결위오):깨끗한 마음이 물들어 더러워짐
*度越一世(도월일세):한 세상을 살다. 한 세상을 초월하다

고려 고종(高宗) 때 노극청(盧克淸)이란 사람은 욕심이 없기로 유명했다. 집이 가난하여 아내는 그가 없는 사이에 집을 돈 12근에 팔았다. 이 사실을 알고 노극청은 즉시 집을 산 현덕수(玄德秀)를 찾아가 이렇게 말했다.

"자, 이 돈 3근을 다시 돌려드려야겠소. 내가 이 집을 살 때 9근을 주었는데 선비된 자로서 어찌 까닭 없이 3근을 더 받겠소?"

"집은 세월이 가면 값이 오르게 마련 아니오. 그냥 받아두시오."

"그까짓 3근의 돈 때문에 탐욕을 부렸다는 소리를 듣고 싶지 않으니 어서 받으시오. 그렇지 않으면 물리겠소."

현덕수는 할 수 없이 그 돈을 받으며 이렇게 말했다.

"당신이 그러니 난들 어찌 시가보다 싼 집을 사 비웃음을 받겠소. 우리 이 돈을 절에 시주하여 좋은 일이나 합시다."

25
후회하지 말라

도미취지공   불여보이성지업
圖未就之功은 **不如保已成之業**이요,

회기왕지실   불여방장래지비
悔旣往之失은 **不如防將來之非**라.

해 석   아직 성취하지 못한 공을 꾀하는 것은 이미 성취한 일을 보전해 가는 것만 못하고, 이미 저지른 실수를 후회하는 것은 장차 있을지 모르는 잘못을 미리 막는 것만 못하다.

♣ 한자 익히기

圖:도모할 도, 그림 도   就:이룰 취   保:보전할 보   悔:뉘우칠 회

旣:이미 기   往:갈 왕   非:그릇 비

♠ 뜻풀이

*未就之功(미취지공):이루지 못한 공
*已成之業(이성지업):이미 성취시켜 놓은 일
*不如(불여)~:~함만 같지 못하다

후회해도 때는 늦으리...

26
빈 마음의 풍경

풍래소죽　　풍과이죽불류성
風來疎竹에 風過而竹不留聲하고,

안도한담　　안거이담불류영
雁度寒潭에 雁去而潭不留影이라.

고　군자　　사래이심시현　　사거이심수공
故로 君子는 事來而心始現하고 事去而心隨空이라.

해석　바람이 성긴 대숲에 불어와 소리를 내다가도 바람이 지나가면 대는 더 이상 그 소리를 내지 않고, 기러기가 쓸쓸한 못을 건너 날아도 건너고 나면 그 그림자가 남지 않는다. 그러므로 군자는 일이 닥쳐야 비로소 마음이 나타나고, 그 일이 끝나면 마음도 따라서 비게 된다.

♣ 한자 익히기
疎:드물 소, 성길 소　留:머물 류　聲:소리 성　雁:기러기 안
潭:못 담　影:그림자 영　隨:따를 수　空:빌 공

♠ 뜻풀이
*疎竹(소죽):성긴 대나무 숲
*寒潭(한담):쓸쓸한 못
*事來(사래):일이 닥치면
*心隨空(심수공):마음도 그에 따라 빔

ㅈㅐㅁㅣㅇㅣㅆㄴㅡㄴ ㅇㅣㅇㅑㄱㅣ

중국 송나라 때 대학자 정호(程顥)와 정이(程頤) 형제가 하루는 나란히 어떤 재상집 연회에 참석하였다. 그런데 동생이 보니 점잖은 형이 기녀들과 못할 짓 없이 수작을 떠는 게 아닌가? 못마땅하게 여긴 동생이 돌아오는 길에 형에게 물었다.

"형님, 아까 행동은 보기에 딱할 정도였습니다."

동생이 무슨 말을 하는지 얼른 깨닫지 못한 형은 한참 후에야 동생의 말뜻을 깨닫고 이렇게 말했다.

"너는 아직 그 연회 생각을 하고 있는 게구나. 나는 벌써 다 잊었다."

채
근
담

121

27
지나침이 없이 조화로운 사람

청능유용　　　　인능선단　　　　　명불상찰　　　　　직불과교
淸能有容하고 仁能善斷하며 明不傷察하고 直不過矯면

시위밀전불첨　　　　　해미불함　　　　재시의덕
是謂蜜餞不甛이요 海味不鹹이니 纔是懿德이라.

해석　청렴하면서도 포용하는 도량이 있고, 어질면서도 결단을 잘 내리며, 분명하면서도 너무 따지지 않고, 곧으면서도 지나치게 굳세지 않으면, 그것은 이른바 '꿀을 넣은 과자이면서도 달지 않고, 해산물이면서도 짜지 않다.'는 것으로 아름다운 덕이라 할 것이다.

♣ 한자 익히기

容:용납할 용, 얼굴 용　斷:끊을 단　傷:아플 상　矯:강할 교　蜜:꿀
밀　甛:달 첨　餞:전별할 전, 정과 전　鹹:짤 함　懿:아름다울 의

♠ 뜻풀이
*有容(유용):포용하는 아량이 있음
*善斷(선단):결단을 잘 내림
*傷察(상찰):자세히 살피는 폐단
*過矯(과교):지나치게 굳셈
*蜜餞(밀전):꿀을 넣어 만든 과자
*海味(해미):생선 맛. 해산물
*懿德(의덕):아름다운 덕

28
한때의 가난에 낙담하지 말라

빈가　　정불지　　　빈녀　　　정소두　　　　경색　　　수불염려
貧家도 淨拂地하고 貧女도 淨梳頭하면 景色이 雖不艶麗나

기도　　　자시풍아　　　　사군자　　　　일당궁수료락
氣度는 自是風雅니 士君子가 一當窮愁寥落이나

　내하첩자폐이재
奈何輒自廢弛哉리오?

해석 가난한 집일지라도 깨끗이 청소하고, 가난한 집 여인도 깨끗이 머리를 빗으면, 그 모습이 비록 화려하지는 않더라도 절로 기품이 있어 아름다워 보인다. 그러니 군자가 한때 곤궁과 적막함을 당한다 할지라도 어찌 자포자기할 수 있겠는가?

♣ 한자 익히기

貧:가난할 빈, 구차할 빈　拂:쓸 불　梳:빗 소　景:경치 경　雅:아담할 아　窮:가난할 궁　愁:근심 수　寥:쓸쓸할 료, 휑할 료, 텅 빌 료　落:떨어질 락　輒:문득 첩　弛:늦출 이　哉:어조사 재

♠ 뜻풀이

*拂地(불지):땅을 쓸다. 소제하다
*梳頭(소두):머리를 빗음
*景色(경색):모습
*艶麗(염려):아름답다. 화려하다
*風雅(풍아):풍류와 아취
*窮愁寥落(궁수료락):곤궁한 근심과 영락(零落)함
*廢弛(폐이):그만 둠. 포기함

채
근
담

123

재미있는 이야기

조선 정조(正祖) 때 명재상이었던 채제공(蔡濟恭)은 어려서 집안이 가난하였다. 과거를 보아야겠는데 준비를 할 수 없자 안면이 있는 재상집으로 갔다.

"과거에 필요한 지필묵을 얻고자 합니다."

재상은 이 당돌한 젊은이의 기개를 높이 사 지필묵을 마련해 주었다.

"아니 이걸 저더러 손수 가져가라 하십니까? 이왕 주실 바에는 하인에게 들려 보내주십시오."

"내가 미처 생각하지 못했네."

재상은 젊은이를 너무 얕잡아본 것을 사과하였다. 이렇게 해서 하인까지 동반한 채제공이 문밖을 나서는데, 그의 등에서 개가죽이 쑥 빠져 땅에 떨어졌다. 개가죽은 천민들이 추위를 막기 위해 등에 넣어 다녔는데 채제공은 그것도 남에게 빌려 입고 온 것이었다. 재상은 채제공이 이번에는 무안해 할 것으로 여겼다. 그런데 채제공은 태연자약하게 종에게 꾸짖었다.

"무엇하느냐? 내 개가죽이 떨어졌으니 어서 내 등에 다시 넣어라."

29
준비하고 깨어 있으라

한중 불방과 망처 유수용
閒中에 不放過면 忙處에 有受用하고,

정중 불락공 동처 유수용
靜中에 不落空이면 動處에 有受用하며,

암중 불기은 명처 유수용
暗中에 不欺隱하면 明處에 有受用이라.

해 석 한가할 때 세월을 헛되이 보내지 않으면 급할 때 도움이 되고, 고요할 때에 마음을 허공에 두지 않으면 활동할 때 도움이 되고, 어둠 속에서 자신을 속이지 않으면 밝은 곳에서 쓸모가 있게 된다.

♣ 한자 익히기

閒:한가할 한 放:놓을 방 忙:바쁠 망 用:쓸 용 靜:고요할 정
空:빌 공 暗:어두울 암 欺:속일 기 隱:숨을 은

♣ 뜻풀이

*放過(방과):그냥 지나쳐 버림
*受用(수용):쓸모
*落空(낙공):공허한 데 떨어짐
*暗中(암중):어두운 곳. 남이 모르는 곳
*欺隱(기은):속이고 감추는 것

30
욕심의 길에 발을 들여놓지 말라

염두기처   재각향욕로상거   변만종리로상래

念頭起處에 纔覺向欲路上去면 便挽從理路上來하라.

일기변각   일각변전   차시전화위복

一起便覺하고 一覺便轉이니 此是轉禍爲福하고

기사회생적관두   절막경이방과

起死回生的關頭니 切莫輕易放過하라.

해석 생각이 일 때 조금이라도 그 생각이 욕심의 길로 향하는 것임을 깨닫거든 도리에 맞는 길로 따르도록 이끌라. 생각이 일어나자마자 깨닫고, 깨닫자마자 돌린다면, 이것은 곧 화를 돌려 복으로 만들고 죽은 것을 일으켜 살리는 중요한 갈림길이니 결코 가벼이 여겨서는 안 될 것이다.

♣ 한자 익히기

挽 : 이끌 만, 당길 만   轉 : 굴릴 전   起 : 일어날 기

關 : 빗장 관, 관계할 관

♠ 뜻풀이

*念頭(염두) : 생각

*欲路(욕로) : 욕심으로 향한 마음

*理路(이로) : 도리에 따르는 마음

*轉禍爲福(전화위복) : 화를 돌려 복으로 만듦

*起死回生(기사회생) : 죽은 사람을 일으켜 살림

*關頭(관두) : 갈림길. 중요한 대목. 기로(岐路)

*輕易(경이) : 가볍게 여김

31
덕을 심고 즐겨 베풀라

평민　　　긍종덕시혜　　　　　변시무위적공상
平民도 肯種德施惠하면 便是無位的公相이요,

사부　　　도탐권시총　　　　　경성유작적걸인
士夫도 徒貪權市寵하면 竟成有爵的乞人이라.

해석　평범한 백성도 즐겨 덕을 심고 은혜를 베풀면 벼슬 없는 재상이요, 사대부라 할지라도 권세를 탐내고 은총을 사고 팔기에 힘쓰면 마침내 벼슬 가진 거지가 될 것이다.

♣ 한자 익히기
肯:즐길 긍, 뼈사이살 긍　種:심을 종　施:베풀 시　惠:은혜 혜
徒:한갖 도　市:저자 시, 팔고 살 시　貪:탐낼 탐　寵:사랑할 총
爵:벼슬 작

♣ 뜻풀이
*種德施惠(종덕시혜):덕을 심고 은혜를 베품
*無位的公相(무위적공상):지위가 없는 공경과 재상
*貪權市寵(탐권시총):권세를 탐내고 은총을 사는 것
*有爵的乞人(유작적걸인):작위가 있는 걸인

32
내가 누리는 행복의 의미

문조종지덕택　　　　오신소향자　　시　　당념기적루지난
問祖宗之德澤하면 吾身所享者가 是니 當念其積累之難하고,

문자손지복지　　　　오신소이자　　시　　요사기경복지이
問子孫之福祉하면 吾身所貽者가 是니 要思其傾覆之易니라.

해석　조상의 덕택이 무엇인가? 내 몸이 지금 누리고 있는 것이 바로 그것이니, 오랫동안 어렵게 쌓아올린 그 노고를 생각하라. 자손의 행복이 무엇인가? 내가 그들에게 남겨주는 것이 바로 그것이니, 그 행복이 기울어지기 쉬운 것임을 생각하라.

♣ 한자 익히기
祖:할아버지 조, 비로소 조　宗:마루 종　享:누릴 향　積:쌓을 적
累:더할 루, 더럽힐 루, 부를 루　難:어려울 난　孫:손자 손
貽:끼칠 이, 남길 이, 줄 이　傾:기울 경　覆:넘어질 복　易:쉬울 이

♠ 뜻풀이
*祖宗(조종):조상
*積累之難(적루지난):쌓아올리기 어려움
*所貽者(소이자):남겨주는 것
*福祉(복지):복
*傾覆之易(경복지이):쉽게 기울고 넘어짐

33
위선은 악보다 못하다

군자이사선　　　　무이소인지사악
君子而詐善은 **無異小人之肆惡**이요,

군자이개절　　　　불급소인지자신
君子而改節은 **不及小人之自新**이라.

해석 군자로서 선한 척 속이는 것은 소인이 악을 거침없이 저지르는 것과 다름이 없고, 군자로서 절개를 꺾는다면 소인이 스스로 잘못을 뉘우쳐 새롭게 되는 것만 못하다.

♣ 한자 익히기

君:임금 군, 아버지 군　詐:거짓 사　異:다를 이　肆:방자할 사, 저자 사, 베풀 사　節:마디 절, 절개 절, 때 절　改:고칠 개　及:미칠 급
新:새 신

♣ 뜻풀이
*君子而詐善(군자이사선):군자가 선한 척 속이는 것
*無異(무이):다름이 없다
*肆惡(사악):악을 멋대로 행함
*改節(개절):절개를 고침. 절개를 꺾음. 변절
*自新(자신):잘못을 뉘우치고 새롭게 태어남

34
한결같이 참된 마음의 힘

인심일진　　변상가비　　　성가운　　　금석가관
人心一眞하면 便霜可飛하고 城可隕하며 金石可貫이나,

약위망지인　　　형해도구　　　진재이망
若僞妄之人은 形骸徒具나 眞宰已亡이라.

대인즉면목　　　가증　　　독거즉형영자괴
對人則面目이 可憎하고 獨居則形影自愧니라.

해석　사람의 마음이 한결같이 참되면 문득 서리를 내리게 할 수도 있고, 성곽을 무너뜨릴 수도 있으며, 쇠붙이와 바위도 뚫을 수 있다. 그러나 거짓되고 망령된 사람은 형체만 헛되이 갖추고 있을 뿐 참된 마음이 이미 없어져서 사람을 대하면 그 얼굴이 가증스럽고 홀로 있으면 그 그림자도 스스로 부끄러워한다.

♣ 한자 익히기

眞:참 진　霜:서리 상　隕:무너질 운　貫:꿰뚫을 관　骸:뼈 해
徒:한갓 도　宰:재상 재　憎:미워할 증　獨:홀로 독　影:그림자 영
媿:부끄러울 괴, 창피줄 괴

♠ 뜻풀이

*便霜可飛(변상가비):문득 서리를 내리게 한다는 뜻. 중국 연(燕)나라 혜왕(惠王)의 신하 추연(鄒衍)의 고사에서 나온 말
*城可隕(성가운):성곽도 무너뜨릴 수 있다는 뜻. 중국 제(齊)나라 때 사람 기량(杞梁)의 아내에 대한 고사에서 나온 말로 기량이 전쟁터에 나가 죽자 그의 아내가 시체를 성 아래에 놓고 슬피 울었더니 성이 무너졌다고 함
*形影自愧 (형영자괴):형체가 스스로 부끄러워한다

중국 연(燕)나라 때 추연(鄒衍)이란 사람이 모함을 받고 옥에 갇혔다. 너무 억울하여 하늘을 향하여 자신의 무죄를 호소하자 오뉴월 무더운 날씨에 갑자기 서리가 내렸다 한다.

신라 진성여왕(眞聖女王) 때 진성여왕의 음란을 비난하는 글이 서라벌 장안에 나붙었다. 여왕은 그것이 왕거인(王居仁)이란 자의 소행이라 하여 그를 옥에 가두었다. 그러자 왕거인은 자신의 무고함을 시로 지어 하늘에 호소하니 갑자기 벼락이 쳐 옥문을 부수었다 한다.

35
식도락과 쾌락에 대한 경계

상구지미　　　개난장부골지약　　　오분　　　변무앙
爽口之味는 皆爛腸腐骨之藥이니 五分이면 便無殃이요,

쾌심지사　　　실패신상덕지매　　　오분　　　변무회
快心之事는 悉敗身喪德之媒니 五分이면 便無悔니라.

해석 맛있는 음식은 모두 창자를 썩게 하고 뼈를 상하게 하는 약이니 반쯤만 먹어야 재앙이 없고, 마음에 상쾌한 일은 모두 몸을 망치고 덕을 해치는 매개체이니 반쯤만 하면 후회가 없을 것이다.

♣ 한자 익히기

爽:시원할 상, 밝을 상　爛:익을 란, 썩을 란, 밝을 란　腸:창자 장

骨:뼈 골　殃:재앙 앙　快:상쾌할 쾌　悉:다 실　喪:상할 상

媒:중매할 매　悔:뉘우칠 회

♠ 뜻풀이

*爽口之味(상구지미):입을 상쾌하게 하는 음식. 맛있는 음식

*五分(오분):절반

*敗身(패신):몸을 망침

*喪德(상덕):덕을 해침

36
살아 있다는 즐거움

천지　　유만고　　차신　　부재득　　　인생　　지백년
天地는 有萬古나 此身은 不再得이요 人生은 只百年이나

차일　　최이과
此日은 最易過라.

행생기간자　　　　불가부지유생지락　　　　　역불가불회허생지우
幸生其間者는 不可不知有生之樂하고 亦不可不懷虛生之憂라.

해석 하늘과 땅은 영원히 있지만 이 몸은 다시 태어날 수 없고, 인생은 백년뿐인데 오늘은 아주 빨리 지나간다. 다행히 그 사이에 살고 있는 자는 살아 있다는 즐거움을 알지 못해서는 안 될 것이요, 또 헛되이 살아가는 것이 아닌지 하는 두려움을 품지 않아서도 안 된다.

♣ 한자 익히기

古:예 고　此:이 차　身:몸 신　再:다시 재　易:쉬울 이, 변할 역
幸:다행 행　懷:품을 회　虛:빌 허　憂:근심 우

♣ 뜻풀이
*萬古(만고):영원
*不再得(부재득):다시 얻지 못한다
*最易過(최이과):가장 빨리 지나간다
*不可不(불가불)~ :~하지 않을 수 없다
*有生之樂(유생지락):살아 있다는 즐거움
*虛生之憂(허생지우):헛되이 사는 데 대한 근심

37
젊음을 누리고 있을 때 조심하라

노래질병　　　도시장시초적　　　쇠후죄얼　　　도시성시작적
老來疾病은 都是壯時招的이요 衰後罪孽은 都是盛時作的이라.

고　　　지영이만　　　군자우긍긍언
故로 持盈履滿을 君子尤兢兢焉이라.

해 석　늘그막의 질병은 모두가 젊었을 때에 부른 것이요, 노쇠한 후의 재앙은 모두 번성할 때에 지은 것이다. 그러므로 군자는 가득 찬 것을 지니고 누릴 때 더욱 조심한다.

♣ 한자 익히기

老:늙을 로, 어른 로　都:도읍 도, 모두 도, 도무지 도　招:부를 초
衰:쇠할 쇠　孽:첩의 자식 얼, 요물 얼　盛:성대할 성　盈:가득 찰
영　履:밟을 리　滿:가득 찰 만　兢:조심할 긍　焉:어조사 언

♠ 뜻풀이
*老來(노래):늘그막
*都是(도시)~:모두 ~이다
*壯時(장시):장년 때
*罪孽(죄얼):저지른 죄에 따른 재앙
*持盈履滿(지영이만):가득 찬 것을 지니고 가득 찬 것을 밟음. 즉 한창 성함을 누릴 때
*兢兢(긍긍):삼가고 두려워함. 전전긍긍(戰戰兢兢)의 준말

38
세상을 살아가는 안전한 길

장교어졸   용회이명   우청우탁
藏巧於拙하고 用晦而明하며 寓淸于濁하고

이굴위신   진섭세지일호   장신지삼굴야
以屈爲伸하면 眞涉世之一壺요 藏身之三窟也라.

해석   재능을 어리숙한 듯 감추고, 어둠으로 밝음을 드러내며, 맑음을 탁한 데 붙이고, 남에게 굽히는 듯하면서 뜻을 펴는 바탕으로 삼는 것, 이것이 세상을 살아가는 안전한 길이요, 몸을 보호하는 안전한 은신처이다.

♣ 한자 익히기

藏:감출 장, 곳간 장 拙:못날 졸 晦:어두울 회 寓:붙일 우 濁:흐릴 탁 屈:굽힐 굴 伸:펼 신 涉:건널 섭 壺:호리병 호 窟:굴 굴

♠ 뜻풀이

*藏巧於拙(장교어졸):교묘한 재능을 못난 듯 감추는 것
*用晦而明(용회이명):어둠으로써 밝게 함
*寓淸于濁(우청우탁):맑음을 혼탁한 데에 붙임
*以屈爲伸(이굴위신):굽힘으로써 펴는 방도를 삼음
*一壺(일호):위급한 상황을 피하게 하는 항아리, 방편. 《갈관자(鶡冠子)》란 책에 나오는 '中流先舟一壺千金'이라는 말에서 인용한 말로서, 강 가운데서 배가 뒤집혔을 때 항아리를 붙잡고 있으면 목숨을 건질 수 있으니 그 항아리 하나에 천금의 값어치가 있다는 뜻
*三窟(삼굴):세 개의 굴. 은신처. 《전국책(戰國策)》의 '狡兎三窟'에서 인용한 말. 교활한 토끼는 세 개의 굴이 있어야 겨우 죽음을 면할 수 있다는 뜻

조선 말 대원군 이하응(李昰應)은 자기 아들을 왕에 즉위시키기 위해 파락호(破落戶) 생활을 하며 지냈다. 그래서 당시 권세를 잡고 있던 안동 김씨(安東金氏) 일가에게 갖은 모욕과 수모를 받으면서도 참고 견디어 마침내 그가 폐인이나 다름없으니 그의 아들을 즉위시켜도 섭정을 할 걱정이 없을 것이라는 판단을 내리게 하는 데 성공할 수 있었다. 재능을 감추고 남에게 무릎을 꿇으면서까지 목적을 달성한 대원군이야말로 큰 야망가였다 할 수 있을 것이다.

39
긴장될 때에는 늦출 줄 알아야 한다

염두혼산처　　　요지제성　　　　염두끽긴시　　　요지방하
念頭昏散處엔 要知提醒하고 念頭喫緊時엔 要知放下하라.

불연　　　　공거혼혼지병　　　　　　우래동동지요의
不然이면 恐去昏昏之病이라도 又來憧憧之擾矣라.

해 석　마음이 어둡고 산란할 때에 정신을 바짝 차릴 줄 알아야 하고,
마음이 긴장될 때에는 늦출 줄 알아야 한다. 그렇지 않으면 마음의
우울증이 없어지더라도 또다시 조바심이 나게 될까 염려된다.

♣ 한자 익히기
念:생각 념, 읽을 념　昏:어두울 혼　散:흩어질 산　提:들 제
醒:깨달을 성　喫:먹을 끽　緊:긴할 긴　放:놓을 방　恐:두려울 공

♠ 뜻풀이
*念頭(염두):마음, 생각
*昏散(혼산):어둡고 산란하다
*提醒(제성):일깨우다. 깨닫다
*喫緊(끽긴):긴장된. 요긴함
*放下(방하):풀다
*昏昏之病(혼혼지병):마음이 우울한 병
*憧憧(동동):침착하지 못한 모습

40
살얼음을 밟듯 매사에 조심하라

청천백일적절의   자암실옥루중배래
青天白日的節義는 自暗室屋漏中培來하고,

선건전곤적경륜   자림심리박처조출
旋乾轉坤的經綸은 自臨深履薄處操出이라.

해석 푸른 하늘에 빛나는 태양처럼 드높은 절개도 어두운 방구석에서 길러진 것이요, 하늘과 땅을 움직이는 경륜은 깊은 연못에 서고 살얼음을 밟듯 조심하는 데서 나온 것이다.

♣ 한자 익히기

暗:어두울 암, 몰래 할 암 室:방 실 屋:집 옥 漏:샐 루 培:북돋울 배 旋:돌릴 선 轉:굴릴 전 乾:하늘 건 坤:땅 곤 經:날실 경 綸: 벼리 륜 薄:얇을 박 履:밟을 리 操:잡을 조

♠ 뜻풀이

*青天白日(청천백일):푸른 하늘의 태양

*暗室(암실):어두운 방

*屋漏(옥루):방안 깊숙한 곳. 원뜻은 집의 서북쪽 구석

*旋乾轉坤(선건전곤):하늘과 땅을 마음대로 휘두름

*經綸(경륜):세상을 다스리는 능력

*臨深履薄(임심리박):깊은 못에 임하고, 얇은 얼음을 밟듯 조심함

조선 중종 때 사람 정붕(鄭鵬)은 한창 권세를 떨치고 있는 유자광 (柳子光)과 친척이었다. 유자광이 하늘 무서운 줄 모르고 날뛰는 것을 본 정붕은 그를 멀리하지 않으면 언젠가는 큰 화를 당하리라는 것을 알았다. 그렇다고 절교를 했다가는 당장 화를 입을 것이었다. 그래서 이따금 하인을 보내 문안하였는데 그 방법이 특이했다. 하인의 팔을 새끼줄로 꽁꽁 묶어 보낸 것이다. 그러자 하인은 묶인 팔이 아파서 유자광의 집에 가서 노닥거릴 여유 없이 곧바로 돌아와 집안의 말이 새어나가는 것을 막을 수 있었고, 이로써 뒤에 유자광이 실각할 때 화를 면할 수 있었다. 또 그의 친구 강혼(姜渾)과 심순 문(沈順門)이 첩을 둔 것을 보고 정붕은 충고하기를,

"어서 그 여자들을 버리지 않으면 머지 않은 장래에 화를 입을 것이네."

하였다. 강혼은 정붕의 충고를 따랐으나 심순문은 따르지 않았다. 과연 그 후 그 기생들이 연산군의 총애를 받게 되어 심순문은 마침내 비명에 죽고 말았다.

41
은인과 원수를 지나치게 밝히지 말라

공과　　불용소혼　　　　혼즉인회타타지심
功過는 不容少混이니 混則人懷惰墮之心하고,

은구　　불가대명　　　　명즉인기휴이지지
恩仇는 不可大明이니 明則人起携貳之志니라.

해석　공로와 허물은 조금이라도 혼동해서는 안 된다. 이것을 혼동하면 사람들이 게을러질 것이다. 은인과 원수는 지나치게 밝히지 말라. 너무 지나치면 사람들이 의심하게 될 것이다.

♣ 한자 익히기

功:공로 공　過:지날 과, 허물 과, 넘을 과　容:용납할 용, 얼굴 용
混:섞일 혼　惰:게으를 타　墮:떨어질 타　起:일어날 기　携:이끌 휴
貳:두 이　志:뜻 지

♠ 뜻풀이

*功過(공과):공로와 과실
*惰墮之心(타타지심):게으른 마음
*恩仇(은구):은인과 원수
*携貳之志(휴이지지):두 마음을 품다. 의심하다

42
착한 마음은 숨기를 좋아한다

악기음　　　선기양　　　고　　　악지현자　　　화천
惡忌陰하고 善忌陽이라. 故로 惡之顯者는 禍淺하고

이은자　　화심　　　선지현자　　공소　　　이은자　　공대
而隱者는 禍深하며 善之顯者는 功小하며 而隱者는 功大니라.

해 석　악은 그늘을 꺼리고, 선은 햇빛을 꺼린다. 그러므로 드러난 악은 그 화가 얕고 숨은 악은 그 화가 깊다. 또 드러난 선은 그 공이 적고 숨은 선은 그 공이 크다.

♣ **한자 익히기**

忌:꺼릴 기, 제사 기　陰:그늘 음　陽:볕 양　顯:나타날 현

禍:재앙 화　淺:얕을 천　隱:숨을 은　深:깊을 심

♠ **뜻풀이**

*惡忌陰(악기음):악은 그늘진 곳을 싫어한다

*善忌陽(선기양):선은 밝은 곳을 꺼린다

*惡之顯者(악지현자):악 가운데서 드러난 것

*善之顯者(선지현자):선 가운데서 밖으로 나타난 것

43
덕을 기르려면

덕수량진   양유식장   고   욕후기덕
德隨量進하고 量由識長이라. 故로 欲厚其德이면

불가불홍기량   욕홍기량   불가불대기식
不可不弘其量이요, 欲弘其量이면 不可不大其識이라.

해석   덕은 도량에 따라 진보하고 도량은 식견에 의해 자란다. 그러므로 덕을 기르려면 도량을 넓히지 않을 수 없고, 도량을 넓히려면 식견을 키우지 않을 수 없다.

♣ 한자 익히기

隨:따를 수 進:나아갈 진 識:알 식 弘:클 홍

♠ 뜻풀이

*量進(양진):도량이 진보되다

*識長(식장):식견이 자라다

*不可不(불가불)~:~하지 않을 수 없다

44

계략 속의 계략, 이변 밖의 이변

어망지설   홍즉이기중   당랑지탐   작우승기후
魚網之設에 鴻則罹其中하고 螳螂之貪에 雀又乘其後하여

기리장기   변외생변   지교   하족시재
機裡藏機하고 變外生變하니 智巧를 何足恃哉리오?

해석   고기 잡는 그물을 치면 기러기가 그 가운데 걸리고, 버마재비가 먹이를 노리니 또 그 뒤에는 참새가 노리고 있다. 계략 속에 또 계략이 숨어 있고 이변 밖에 또 이변이 생기니, 지혜와 계교를 어찌 믿을 수 있겠는가?

♣ 한자 익히기

魚:고기 어, 생선 어 網:그물 망 罹:걸릴 리 鴻:기러기 홍

雀:참새 작 恃:믿을 시

♠ 뜻풀이

*魚網(어망):고기 잡는 그물
*螳螂(당랑):버마재비
*機裡藏機(기리장기):계략 속에 또 계략이 숨어 있음. 즉 버마재비가 계교를 부려 먹이를 잡는데, 참새가 또 그 버마재비를 노린다는 뜻
*變外生變(변외생변):이변 가운데 또 이변이 생긴다는 뜻
*智巧(지교):지혜와 계교

45
사람됨에 진실한 생각이 없다면

작인　　　　무점진간염두　　　　변성개화자　　　　사사개허
作人에 無點眞懇念頭면 便成個花子니 事事皆虛하고,

섭세　　　　무단원활기취　　　　변시개목인　　　　처처유애
涉世에 無段圓活機趣면 便是個木人이니 處處有碍라.

해 석　　사람됨에 한 점 진실한 생각도 없다면 그는 일개 허수아비일 뿐이니 하는 일마다 헛될 것이요, 세상을 살아가는 데 한 가닥 원활한 활동이 없으면 일개 장승이니 이르는 곳마다 막힐 것이다.

♣ 한자 익히기

點:더러울 점, 점 점　眞:참 진　懇:정성 간　花:꽃 화　虛:빌 허
涉:건널 섭　圓:둥글 원　活:살 활　碍:막힐 애

♠ 뜻풀이

*念頭(염두):마음. 생각
*花子(화자):허수아비
*涉世(섭세):세상을 살아감
*機趣(기취):활동
*木人(목인):나무로 만든 인형. 장승

46
흐린 것을 없애면 저절로 맑아진다

수불파즉자정　　　감불예즉자명
水不波則自定하고 鑑不翳則自明이라.

고　　심무가청　　　거기혼지자이청자현
故로 心無可淸이니 去其混之者而淸自現하고

낙불필심　　　거기고지자이락자존
樂不必尋이니 去其苦之者而樂自存이라.

해석　물은 물결이 일지 않으면 저절로 고요하고, 거울은 먼지가 끼지 않으면 저절로 밝다. 그러므로 굳이 마음을 맑게 하려고 애쓸 필요가 없으니, 흐린 것을 없애면 저절로 맑아질 것이다. 또한 굳이 즐거움을 찾을 필요가 없으니, 괴로움을 없애면 저절로 즐거울 것이다.

♣ 한자 익히기

波:물결 파, 달빛 파　自:스스로 자　定:정할 정　翳:가리울 예

尋:찾을 심　苦:괴로울 고　存:있을 존

♠ 뜻풀이
*自定(자정):스스로 안정되다. 고요하다
*不翳(불예):가리우지 않는다
*心無可淸(심무가청):마음을 억지로 맑게 하려고 애쓸 필요가 없다
*樂不必尋(낙불필심):즐거움은 굳이 구할 필요가 없다
*自存(자존):스스로 존재한다

47
검소함은 인색함과는 다르다

근자　　　민어덕의이세인　　　차근이제기빈
勤者는 敏於德義而世人은 借勤以濟其貧하고,

검자　　　담어화리이세인　　　가검이식기린
儉者는 淡於貨利而世人은 假儉以飾其吝하니

군자지신지부　　　반위소인영사지구의　　　석재
君子持身之符가 反爲小人營私之具矣니 惜哉라.

해석 부지런하다는 것은 덕과 의리에 민첩함을 말하는데, 세상 사람들은 부지런함을 빌려 자기의 가난을 구제한다. 또 검소하다는 것은 재물과 이익에 담담해야 하는 것인데도 세상 사람들은 검소함을 빌려 그의 인색함을 꾸민다. 군자가 몸을 닦는 방법이 도리어 소인배들의 사리사욕을 채우는 도구가 되고 있으니 애석한 일이다.

♣ 한자 익히기

勤:부지런할 근, 도타울 근　敏:민첩할 민　而:말 이을 이　借:빌 차
儉:검소할 검　淡:맑을 담　貨:재물, 화　吝:인색할 린　符:증거 부
營:다스릴 영　惜:아까울 석

♣ 뜻풀이
*德義(덕의):덕성과 의리
*借勤以濟其貧(차근이제기빈):부지런한 것으로써 자신의 가난함을 구제함
*貨利(화리):재물과 이익
*假儉以飾其吝(가검이식기린):검소함을 빌려 자신의 인색함을 변명함
*持身之符(지신지부):몸에 지녀야 할 신표
*營私(영사):사사로운 이익을 도모함

48
처음에는 엄격하게 후에는 관대하게 하라

은의자담이농　　선농후담자　　인망기혜
恩宜自淡而濃이니 先濃後淡者는 人忘其惠하고,

위의자엄이관　　선관후엄자　　인원기혹
威宜自嚴而寬이니 先寬後嚴者는 人怨其酷이니라.

해석　은혜를 베풀 때에는 처음에는 박하다가 차츰 후하게 해야 한다. 만일 처음에 후하고 나중에 박하면 사람들은 그 은혜를 잊기 마련이다. 위엄을 보일 때는 처음에 엄격하고 차츰 너그러워야 한다. 만일 처음에 너그럽다가 후에 엄하게 하면 사람들이 그 혹심함을 원망하게 된다.

♣ 한자 익히기
濃:짙을 농　忘:잊을 망　惠:은혜 혜　威:위엄 위　嚴:엄격할 엄
酷:혹독할 혹

♣ 뜻풀이
*自(자)~ :~ 부터
*自淡而濃(자담이농):담담하게 하다 차츰 짙게 함
*自嚴而寬(자엄이관):엄하게 하다 차츰 관대하게 함

조선 정조(正祖) 때 어영대장을 지낸 이창운(李昌運)은 평소 부하들에게 엄격하기로 유명하였다. 그런데 부관(副官)으로 새로 임명된 김재찬(金載贊)이 명령을 거역하고 출근을 하지 않은 일이 생겼다. 정승 아들인데다 문과까지 합격한 김재찬에게는 무관 벼슬이 탐탁지 않았던 것이다. 며칠을 기다리던 이창운은 군관을 불러 추상같은 명령을 내렸다.

"어서 김재찬을 포박해 오라. 군법으로 다스리겠다."

설마 자기를 어떻게 하랴 여기던 김재찬은 당황하지 않을 수 없었다. 그래서 아버지 김익(金翊)에게 살려달라고 애원했다. 아들이 하도 간청하자 김익은 편지 한 장을 주어 보냈다. 김재찬이 끌려오자 이창운은 당장 형 집행을 서둘렀다. 다급해진 김재찬은 아버지가 준 편지를 꺼내 올렸다. 그런데 이창운이 받아 보니 아무 말도 쓰여 있지 않은 백지였다. 정승으로서 국법을 어긴 아들을 살려 달라고 할 수도 없고, 그렇다고 모른 체할 수도 없는 아버지의 심정을 읽은 이창운은 김재찬을 하옥시키며 이렇게 말했다.

"이번만은 특별히 네 아버지의 체면을 보아 목숨만은 살려 줄 터이니 나를 따라 군중 일을 배우거라."

그 뒤부터 이창운은 김재찬에게 평안도 일대의 지리와 국방의 상태를 가르쳤다. 김재찬은 처음의 야속한 마음을 풀고 열심히 이창운을 따랐다.

후일 이창운이 죽은 뒤 김재찬은 재상에 오르게 되는데 때마침 홍경래(洪景來)가 평안도에서 난리를 일으켰다. 김재찬은 평안도에 나가본 적이 없으나 이창운에게서 배운 지식을 활용하여 곧 난을 평정할 수 있었다.

49
하늘과 한 몸이 되는 길

심체   변시천체   일념지희   경성경운   일념지노
心體는 便是天體라. 一念之喜는 景星慶雲이요, 一念之怒는

진뢰폭우   일념지자   화풍감로   일념지엄   열일추상
震雷暴雨요, 一念之慈는 和風甘露요, 一念之嚴은 烈日秋霜이니,

하자소득   지요수기수멸   확연무애   변여태허동체
何者少得이리오? 只要隨起隨滅하여, 廓然無碍면 便與太虛同體니라.

해석 마음의 본체는 천체와 같다. 인간의 기뻐하는 마음은 빛나는 별과 상서로운 구름이요, 성내는 마음은 성난 우뢰와 폭풍우이며, 인자한 마음은 따뜻한 바람과 단 이슬이며, 엄격한 마음은 뜨거운 태양과 가을 서리니, 어느 것인들 없어서는 안 된다. 다만 때에 따라 일어나고 때에 따라 사라져 텅 비어 막히지 말아야 하나니, 이것이 곧 하늘과 한 몸이 되는 길이다.

♣ 한자 익히기

喜:기쁠 희   景:빛 경, 클 경   星:별 성   慶:경사 경, 경사스러울 경
雲:구름 운   慈:자비로울 자   露:이슬 로   烈:매울 렬   霜:서리 상
廓:클 확   同:한가지 동

♠ 뜻풀이
*慶星(경성):빛나는 별
*慶雲(경운):상서로운 구름
*和風甘露(화풍감로):따뜻한 바람과 단 이슬
*烈日秋霜(열일추상):뜨거운 태양과 가을 서리
*太虛(태허):하늘

50
일을 맡으면 이해에 대한 생각을 버려라

의사자　　　신재사외　　　　의실리해지정
議事者는 身在事外하여 宜悉利害之情하고,

임사자　　　신거사중　　　　당망리해지려
任事者는 身居事中하여 當忘利害之慮니라.

해석　 일을 의논하는 사람은 그 일 밖에서 이해의 실정을 다 알아야 하고, 일을 맡은 사람은 자신이 그 일 가운데 묻혀 마땅히 이해에 대한 생각을 버려야 한다.

♣ 한자 익히기

議:의논할 의 **外**:밖 외 **悉**:다 실 **任**:맡을 임 **忘**:잊을 망

慮:생각 려

♠ 뜻풀이

*身在事外(신재사외):자신이 객관적 입장에 있으면서

*身居事中(신거사중):자신이 그 일 안에 파묻혀 있으면서

51
평범한 행실이 평화를 부른다

음모괴습　　　이행기능　　　　구시섭세적화태
陰謨怪習과 異行奇能은 俱是涉世的禍胎니

지일개용덕용행　　　　　　변가이완혼돈이소화평
只日個庸德庸行이 便可以完混沌而召和平이라.

해 석　음흉한 계략과 괴이한 습관, 이상한 행동, 기이한 능력은 모두
세상을 살아가는 데 화를 잉태시킨다. 그러니 평범한 덕과 행실만이
혼돈을 바로잡아 화평을 가져올 수 있다.

♣ 한자 익히기

謨:꾀 모　翌:익힐 습　胎:아이 밸 태　庸:어리석을 용, 쓸 용
召:부를 소

♣ 뜻풀이
*陰謨怪習(음모괴습):음흉한 모략과 괴상한 습성
*異行奇能(이행기능):기이한 행동과 능력
*涉世(섭세):세상을 살아감
*禍胎(화태):화의 모태(母胎)
*庸德庸行(용덕용행):평범한 덕행
*混沌(혼돈):천지와 만물이 구분되어 있지 않은 태초의 세계. 본성(本性)

조선 성종 때 대사헌을 지낸 권경희(權景禧)는 처가가 한미하였다. 조선 시대에는 처가, 외가가 한미하면 높은 벼슬이나 청요직은 맡지 못하는 게 상례였다. 그래서 대간(臺諫)의 탄핵을 받자, 아버지마저 아내를 버리고 새 장가를 들라고 재촉하였다. 그러나 권경희는 끄떡도 하지 않고 이렇게 말했다.

"어찌 10년이나 함께 살아온 조강지처를 버리겠습니까? 하늘이 정해준 배필을 버리고 높은 벼슬을 하느니, 벼슬 없이 도리를 다하며 살겠습니다."

끝내 권경희가 아내를 버리지 않자, 대간들은 그의 벼슬을 빼앗아야 한다고 주장했다. 그러자 성종은 대간을 나무랐다.

"권경희가 공명을 바라지 않아 그 아내를 버리지 않았으니, 이는 훌륭한 사람이다."

결국 권경희는 벼슬에서 밀려나지 않았다. 또 나중에는 그의 처가가 한미한 집안이 아님이 밝혀졌다.

52
자신의 마음을 어둡게 하지 말라

불매기심 부진인정 불갈물력
不昧己心하고 不盡人情하며 不竭物力하라.

삼자가이위천지립심 위생민입명 위자손조복
三者可以爲天地立心하고 爲生民立命하며 爲子孫造福이라.

해석 자신의 마음을 어둡게 하지 말고, 인정이 없이 남에게 가혹하게 하지 말며, 재물을 다 쓰지 말라. 이 세 가지는 하늘을 위하여 마음을 세우고, 백성을 위하여 목숨을 세우며, 자손을 위하여 복을 이루느니라.

♣ 한자 익히기
昧:어두울 매, 둔할 매 盡:다할 진 竭:다할 갈 立:설 립
造:만들 조 福:복 복

♠ 뜻풀이
*不昧(불매):어둡게 하지 않다
*生民(생민):백성
*立命(입명):살길을 세워 줌
*造福(조복):복을 만듦

53
집착하면 아름다운 것도 추해진다

산림   시승지   일영련   변성시조
山林은 是勝地나 一營戀하면 便成市朝하고,

서화   시아사   일탐치   변성상고   개심무염착
書畵는 是雅事나 一貪癡하면 便成商賈하니, 蓋心無染著이면

욕계시선도   심유계련   낙경   성고해의
欲界是仙都요, 心有係戀이면 樂境도 成苦海矣라.

해석 산림은 아름다운 곳이지만 시설을 하고 집착하면 곧 시장판이 되며, 글씨와 그림은 고상하지만 한번 탐하여 빠지면 곧 장사치가 된다. 대체로 마음이 물들어 집착함이 없으면 속세도 곧 선경(仙境)이요, 마음에 집착함이 있으면 선경도 고해(苦海)가 된다.

♣ 한자 익히기

勝:이길 승, 맡을 승 營:영문 영 戀:생각할 련 畵:그림 화 雅:바를 아, 우아할 아 商:장사 상, 헤아릴 상 癡:미칠 치, 어리석을 치 成:이룰 성 染:물들 염, 더러울 염 賈:장사 고, 살 고 海:바다 해

♠ 뜻풀이

*勝地(승지):경치 좋은 곳
*營戀(영련):인위적 시설을 해놓고 이에 애착을 가짐
*市朝(시조):시장과 조정. 속세
*雅事(아사):고상한 일   *貪癡(탐치):탐내어 정신이 빠짐
*染著(염착):물들어 집착함   *欲界(욕계):탐욕의 세계
*仙都(선도):신선의 세계   *係戀(계련):집착하여 그리워함

54
마음이 고요하면 남이 속이지 못한다

차신　　　상방재한처　　　영욕득실　　　수능차견아
此身을 常放在閑處하면 榮辱得失로 誰能差遣我하며,

차심　　　상안재정중　　　시비이해　　　수능만매아
此心을 常安在靜中하면 是非利害를 誰能瞞昧我리오?

해석 　내 몸을 언제나 한가한 곳에 두면 영욕과 득실로 누가 나를
그릇되게 할 수 있겠으며, 내 마음을 언제나 고요한 속에 두면 시비
와 이해로 누가 나를 속여 어둡게 할 수 있겠는가?

♣ 한자 익히기

榮:영화로울 영, 꽃다울 영　辱;욕보일 욕　得:얻을 득　失:잃어버
릴 실　差:다를 차　遣:보낼 견, 시킬 견, 쫓을 견　害:해로울 해
瞞:속일 만

♠ 뜻풀이
*差遣(차견):보냄
*瞞昧(만매):속이고 우매하게 함

55
마음따라 만물이 흔들리니

기동적　　궁영　　의위사갈　　　침석　　　시위복호
機動的은 弓影도 疑爲蛇蝎하고 寢石도 視爲伏虎하니

차중　　혼시살기　　염식적　　석호　　가작해구
此中에 渾是殺氣요, 念息的은 石虎도 可作海鷗하고

와성　　가당고취　　　촉처　　구견진기
蛙聲도 可當鼓吹하니 觸處에 俱見眞機니라.

해석 　마음이 흔들리면 활의 그림자도 뱀으로 의심하고, 누워 있는 바위도 엎드린 호랑이로 보이니, 이럴 때에는 모두가 살기다. 마음이 고요하면 석호(石虎) 같은 사람도 바다의 갈매기로 만들고, 개구리 울음소리도 음악으로 들리니, 이르는 곳마다 참된 기틀을 보리라.

♣ 한자 익히기

弓:활 궁　影:그림자 영　疑:의심할 의　蛇:뱀 사　蝎:전갈 갈

渾:흐릴 혼　鷗:갈매기 구　蛙:개구리 와　鼓:북 두드릴 고　吹:불 취

♠ 뜻풀이

*機動(기동):마음이 동요되어 흔들림

*蛇蝎(사갈):뱀. 독사　*念息(염식):마음이 가라앉음

*石虎(석호):진대(晉代)의 사람으로 몹시 사나웠는데, 후에 고승(高僧)의 감화를 받아 갈매기처럼 유순하게 되었다고 한다

*鼓吹(고취):음악　*觸處(촉처):사물에 닿는 곳

*眞機(진기):참다운 기틀

중국 진(晉)나라 때 악광(樂廣)이란 재상이 있었다. 어느 날 그에게 한 친구가 찾아왔다. 오랜만에 찾아온 것이 이상해 까닭을 물었더니 그 사람이 말하기를,

"임금이 내린 술을 먹으려는데 술잔에 독사의 그림자가 어른거리는 게 아닙니까. 그걸 억지로 마셨더니 병이 나 꼼짝하지 못했습니다."

하는 것이었다. 악광은 생각나는 바가 있어 자기 처소 벽에다가 활 하나를 걸어 놓고 그 친구에게 술을 따라주며 다시 술잔을 보게 하였다. 그러자 그 친구는 역시 독사의 그림자가 보인다고 했다. 악광은 활을 치우고 그 사람으로 하여금 그것이 활의 그림자였음을 깨닫게 했다.

56
참으로 안락한 보금자리

유일락경계   취유일불락적상대대
有一樂境界하면 就有一不樂的相對待하고

유일호광경   취유일불호적상승제
有一好光景하면 就有一不好的相乘除하니,

지시심상가반   소위풍광   재시개안락적와소
只是尋常家飯과 素位風光이라야 纔是個安樂的窩巢니라.

해석 즐거운 경지가 있으면 즐겁지 못한 경지가 있어 서로 대립되고, 좋은 경치가 있으면 좋지 못한 경치가 있어 서로 비기게 되는 법이다. 다만 늘 먹는 밥과 벼슬 없는 생활이 비로소 안락한 보금자리가 된다.

♣ 한자 익히기

乘:곱할 승, 오를 승   尋:찾을 심, 보통 심   素:흴 소   窩:굴 와

巢:둥지 소

♠ 뜻풀이

*相對待(상대대):서로 대립함
*相乘除(상승제):서로 곱하고 나눔. 비김
*尋常家飯(심상가반):늘 먹는 식사
*素位(소위):벼슬이 없는 신분
*風光(풍광):경치
*窩巢(와소):거처. 생활하는 집

57
천성이 맑으면 몸과 마음이 건강해진다

성천 징철 즉기식갈음 무비강제신심
性天이 澄徹하면 卽饑食渴飮이라도 無非康濟身心이요,

심지 침미 종담선연게 총시파롱정혼
心地가 沈迷하면 縱談禪演偈라도 總是播弄精魂이라.

해석 천성이 맑으면 배고프고 목마른 생활이라도 모두 몸과 마음을 건강하게 하지 못할 것이 없고, 마음이 물욕에 빠져 혼미해지면 비록 선(禪)을 말하고 게(偈)를 풀이할지라도 모두 정신을 희롱하는 것일 뿐이다.

♣ 한자 익히기
徹:통할 철, 꿰뚫을 철 渴:목마를 갈 飮:마실 음 沈:빠질 침
迷:혼미할 미 演:통할 연 偈:중의 글 게 魂:넋 혼

♠ 뜻풀이
*性天(성천):천성(天性)
*澄徹(징철):맑고 투명함
*饑食渴飮(기식갈음):굶주리고 목마름. 겨우 기갈을 면하는 생활
*康濟(강제):편안히 지냄
*沈迷(침미):물욕에 빠져 마음이 혼미해짐
*談禪演偈(담선연게):선(禪)을 말하고 게(偈)를 풀이함. 게(偈)는 불타의
공덕을 찬미한 시(詩)의 일종
*播弄(파롱):희롱 *精魂(정혼):정신과 영혼

58
깨어 있는 정신으로 살라

신감   포피와중   득천지충화지기
神酣하면 布被窩中에 得天地沖和之氣하고,

미족   여갱반후   식인생담박지진
味足이면 藜羹飯後에 識人生澹泊之眞이라.

해석   정신이 왕성하면 좁은 방에서 베 이불을 덮어도 천지의 바르고 화평한 기운을 얻을 수 있고, 입맛이 좋으면 명아주 국에 밥을 먹어도 인생의 담백한 참 맛을 깨닫는다.

♣ 한자 익히기

酣:술 취할 감, 왕성할 감   沖:온화할 충, 부딪칠 충   羹:국 갱
足:발 족, 만족할 족   藜:명아주 려   飯:밥 반

♠ 뜻풀이
*神酣(신감):정신이 왕성함
*布被(포피):베 이불
*窩中(와중):작은 방 가운데
*沖和(충화):중정하고 화평한 기운
*味足(미족):입맛이 왕성함. 만족감을 느낌
*藜羹(여갱):명아주 국
*澹泊(담박):담백

59
깨달으면 극락이 따로 없다

전탈　　지재자심　　심료　　즉도사조점　　거연정토　　불연
纏脫은 只在自心이니 心了면 則屠肆糟店도 居然淨土요, 不然이면

종일금일학　　일화일훼　　기호수청　　마장종재　　어　운
縱一琴一鶴과 一花一卉로 嗜好雖淸이라도 魔障終在라. 語에 云하되

능휴　　진경　　위진경　　미료　　승가　　시속가　　신부
「能休면 塵境도 爲眞境이요, 未了면 僧家도 是俗家라」하니 信夫로다.

해석　　얼매임과 벗어남은 오직 스스로의 마음에 달린 것이니, 마음이 깨달으면 푸줏간이나 술집도 극락이 되고, 그렇지 못하면 설사 거문고와 학을 벗삼고, 화초를 심고 가꾸는 즐거움이 청아한들 악마의 방해가 끝까지 남아 있을 것이다. 옛말에 이르기를 '쉴 수만 있다면 더러운 속세도 참 경지가 되고, 깨닫지 못하면 절간도 속세가 된다'라고 하였으니 참으로 옳은 말이다.

♣ 한자 익히기

纏:얽을 전, 감을 전　屠:잡을 도, 죽일 도　糟:막걸리 조
肆:가게 사, 방자할 사　店:가게 점　鶴:두루미 학

♠ 뜻풀이
*纏脫(전탈):얼매임과 벗어남
*心了(심료):마음으로 깨달음　*屠肆(도사):푸줏간
*糟店(조점):술집　*淨土(정토):극락 세계
*魔障(마장):악마의 방해. 마음의 장애
*塵境(진경):속세　*僧家(승가):절

60
행복을 바라는 것이 재앙의 근본이 된다

우병이후   사강지위보   처란이후   사평지위복
遇病而後에 思强之爲寶하고 處亂而後에 思平之爲福은

비조지야   행복이선지기위화지본
非蚤智也라. 倖福而先知其爲禍之本하고

탐생이선지기위사지인   기탁견호
貪生而先知其爲死之因은 其卓見乎인저.

해석 병든 후에야 건강이 보배임을 생각하고, 전란을 당한 뒤에야
평화가 복임을 생각하는 것은 빠른 지혜가 아니다. 행복을 바라는 것
이 재앙의 근본이 된다는 것을 미리 알고 삶을 탐내는 것이 죽음의
원인이 된다는 것을 미리 아는 것이 뛰어난 식견이다.

♣ 한자 익히기
蚤:일찍 조, 벼룩 조 智:지혜 지 倖:요행 행 貪:탐낼 탐

♠ 뜻풀이
*蚤智(조지):재빠른 지혜. 선견지명(先見之明)
*倖福(행복):복이 오기를 바람
*卓見(탁견):탁월한 식견

61
마음을 살필 필요가 없다

심무기심　　하유어관　　　석씨왈　관심자　중증기장
心無其心이면 何有於觀이리오? 釋氏曰 觀心者는 重增其障이라.

물본이물　　하대어제　　　장씨왈　제물자　자부기동
物本一物이니 何待於齊리요? 莊氏曰 齊物者는 自剖其同이라.

[해석] 마음에 망령된 생각이 없으면 구태여 마음속을 관찰할 필요가
어디 있겠는가? 석가가 말하는 '관심(觀心)'은 장애를 더할 뿐이다.
만물은 본래 한 물건이니 어찌 구태여 가지런하기를 기다리겠는가?
장자가 말하는 '제물(齊物)'은 스스로 하나인 것을 갈라놓는 것일 뿐
이다.

♣ 한자 익히기

增:더할 증　障:막힐 장　莊:씩씩할 장　同:한가지 동　剖:쪼갤 부,
가를 부

♠ 뜻풀이

*其心(기심):사념(邪念). 망령된 생각
*觀心(관심):심성(心性)이 어떤 상태인가 관찰함. 자기 성찰
*莊氏(장씨):장자(莊子). 본래 이름은 장주(莊周). 노자(老子)의 학설을
계승하여 《장자》 33편을 남겼다
*齊物(제물):만물을 가지런히 함. 장자는 현실 세계가 대소, 상하, 선악,
생사 등 상대적으로 이루어져 있다고 하고 이를 초월하는 물아일체(物我
一體)의 제물론((齊物論)을 주장했다

163

62
비난을 두려워하지 말라

영위소인소기훼   무위소인소미열
寧爲小人所忌毁이언정 毋爲小人所媚悅하고,

영위군자소책수   무위군자소포용
寧爲君子所責修이언정 毋爲君子所包容하라.

해 석   차라리 소인배에게 미움과 비난을 받을지언정 소인배가 아첨하고 좋아하는 대상이 되지 말라. 차라리 군자에게 꾸지람을 받을지언정 군자가 감싸고 용서하는 자가 되지 말라.

♣ 한자 익히기

寧:차라리 녕, 편안할 녕 毁:헐뜯을 훼 媚:아첨할 미 悅:기쁠 열
責:꾸짖을 책 修:닦을 수 容:얼굴 용, 용납할 용

♠ 뜻풀이
*忌毁(기훼):꺼리고 헐뜯다
*媚悅(미열):아첨하고 기뻐하다
*責修(책수):꾸짖어 바로잡음
*包容(포용):감싸줌

63
때와 상황을 보아 대처하라

해 석　바람이 세차고 빗발이 사나운 곳에서는 다리(脚)를 튼튼히 세워야 하고, 꽃이 만발하고 버들이 아름다운 곳에서는 눈을 높이 두어야 하며, 길이 위태롭고 험한 곳에서는 일찍 머리를 돌려야 한다.

♣ 한자 익히기

斜:기울 사　急:급할 급　脚:다리 각　花:꽃 화　艷:고울 염

柳:버들 류　徑:지름길 경　頭:머리 두　早:일찍 조

♣ 뜻풀이

*風斜雨急(풍사우급):바람이 심하고 비가 쏟아짐. 인생의 위급함, 세상의 어지러움을 비유함

*花濃柳艷(화농유염):꽃향기가 짙고 버들이 아름다움. 미색(美色)

64
소유한 순간부터 근심이 시작된다

다장자　　　후망　　　　고　　　지부불여빈지무려
多藏者는 厚亡이라 故로 知富不如貧之無慮요,

고보자　　　질전　　　　고　　　지귀불여천지상안
高步者는 疾顚이라 故로 知貴不如賤之常安이라.

해석 많이 가진 사람은 많이 잃게 되나니 부자는 가난한 사람의 걱정 없음만 못하며, 높은 데를 걷는 자는 빨리 넘어지니 귀한 사람이 천한 사람의 항상 편안함만 못하다는 것을 알 수 있다.

♣ 한자 익히기

藏 : 감출 장, 착할 장　亡 : 죽을 망　疾 : 병 질, 괴로움 질
顚 : 넘어질 전, 머리 전　賤 : 천할 천

♠ 뜻풀이
*多藏者(다장자) : 재산이 많은 사람
*厚亡(후망) : 많이 잃음
*高步者(고보자) : 높이 걷는 사람. 신분이 높다고 거드름을 피우는 사람
*疾顚(질전) : 빨리 넘어짐

65
명예와 이익은 버리기 어렵다

담산림지락자　　미필진득산림지취
談山林之樂者는 未必眞得山林之趣요,

염명리지담자　　미필진망명리지정
厭名利之談者는 未必盡忘名利之情이라.

해석 산림의 즐거움을 말하는 사람은 아직 산림의 맛을 진실로 알지 못하는 것이며, 명리에 대해 이야기하기 싫어하는 사람은 아직 명리의 정을 다 잊어버린 것은 아니다.

♣ 한자 익히기

談:말할 담　樂:즐거울 락, 좋아할 요　眞:참 진　趣:취미 취

厭:싫어할 염　盡:다할 진　忘:잊을 망　情:뜻 정

♠ 뜻풀이

*山林之樂(산림지락):산림에 묻혀 사는 즐거움

*名利(명리):명예와 이익

66
한가한 즐거움이 제일 좋은 것

종랭시열연후   지열처지분주무익

從冷視熱然後에 知熱處之奔走無益하고,

종용입한연후   각한중지자미최장

從冗入閑然後에 覺閑中之滋味最長이라.

해 석   냉정한 눈으로 열광했을 때를 생각해 보면 정열에 사로잡혀 광분한 것이 부질없음을 알게 되고, 번잡한 다음에 한가로워지면 한 가한 즐거움이 제일 좋은 것임을 느끼게 된다.

♣ 한자 익히기

冷:차가울 랭   熱:열 열, 더울 열   奔:달릴 분, 달아날 분

滋:더욱 자, 번성할 자

♠ 뜻풀이

*從冷視熱(종랭시열):냉정한 마음으로 열광했을 때를 바라봄
*從冗入閑(종용입한):바쁘고 번잡하다가 한가하게 됨
*滋味(자미):재미. 맛

67
죽음을 생각하고 병을 염려하라

색욕　　화치　　　　이일념급병시　　　　변흥사한회
色慾이 火熾라도 而一念及病時면 便興似寒灰하고,

명리이감　　　　　이일상도사지　　　　변미여작랍
名利飴甘이라도 而一想到死地면 便味如嚼蠟이라.

고　　인상우사려병　　　　　　역가소환업이장도심
故로 人常憂死慮病이면 亦可消幻業而長道心이라.

해석　색욕이 불같이 일어날 때에는 병이 났을 때를 생각하면 문득 흥이 사라져 식은 재처럼 냉정을 회복할 수 있고, 명리가 엿처럼 달콤하게 여겨지다가도 죽는 처지를 생각하면 그 맛이 밀랍을 씹는 것처럼 덤덤해진다. 그러므로 사람이 항상 죽음을 근심하고 병을 염려하면, 헛된 생각을 버리고 도심(道心)을 기를 수 있다.

♣ 한자 익히기
熾:불사를 치, 성할 치　興:흥할 흥　飴:엿 이, 달 이　嚼:씹을 작
蠟:밀랍 랍, 초 랍　消:사라질 소, 쓸 소　業:일 업

♠ 뜻풀이
*火熾(화치):불처럼 치솟음
*寒灰(한회):불꺼진 재
*飴甘(이감):엿같이 닮
*死地(사지):죽는 처지
*嚼蠟(작랍):밀납을 씹음
*幻業(환업):헛된 죄업, 곧 현세의 색욕과 명리(名利)

68
먼저 물러날 때를 생각하라

진보처 변사퇴보 서면촉번지화
進步處에 便思退步하면 庶免觸藩之禍하고,

착수시 선도방수 재탈기호지위
著手時에 先圖放手하면 纔脫騎虎之危니라.

해석 진보할 때에 뒤로 물러설 생각을 하면 뿔이 울타리에 걸리는 재앙을 거의 면할 수 있고, 손을 댈 때에 먼저 손을 떼는 일을 도모한다면 곧 호랑이를 타는 위험을 벗어나게 된다.

♣ 한자 익히기

進:나아갈 진, 오를 진 退:물러날 퇴 藩:울타리 번 禍:재앙 화
著:입을 착, 손댈 착, 지울 저 脫:벗을 탈 圖:헤아릴 도, 다스릴 도
纔:겨우 재, 조금 재 騎:말 탈 기 虎:호랑이 호 庶:거의 서

♠ 뜻풀이
*觸藩之禍(촉번지화):양의 뿔이 울타리에 걸림
*騎虎之危(기호지위):호랑이를 타는 위기

와~우

한 걸음만 더~

69
마음에 따라 달라지는 세상

심광 즉만종 여와부
心曠하면 則萬鍾도 如瓦缶요,

심애 즉일발 사거륜
心隘하면 則一髮도 似車輪이라.

해석　마음이 넓으면 많은 녹봉도 질항아리처럼 여기고, 마음이 좁으면 머리카락 한 올도 마치 수레바퀴같이 크게 생각한다.

♣ 한자 익히기

瓦:기와 와　缶:장군 부, 목이 좁은 독 부　隘:좁을 애, 막힐 애

輪:바퀴 륜

♠ 뜻풀이

*萬鍾(만종):많은 봉록. 1종(鍾)은 64말(斗)

*瓦缶(와부):흙으로 만든 항아리

*似車輪(사거륜):수레바퀴처럼 크게 보임

채근담

제 3 부

타인과의 관계

1
마음을 열고 너그럽게 대하라

면전적전지　　　요방득관　　　사인무불평지탄
面前的田地는 要放得寬하여 使人無不平之歎하고,

신후적혜택　　　요류득구　　　사인유불궤지사
身後的惠澤은 要流得久하여 使人有不匱之思하라.

해석 살아 있을 때의 마음은 활짝 열어 너그럽게 해서 사람들로 하여금 불평의 탄식이 없게 하고, 죽은 후의 혜택은 오래도록 전하게 해서 후세의 사람들로 하여금 만족을 느끼게끔 하라.

♣ 한자 익히기

面:낮 면 前 : 앞 전 的:과녁 적, 어조사 적 田:밭 전

要:중요할 요 使:시킬 사 惠 :은혜 혜

♠ 뜻풀이
*面前(면전):현재
*放得寬(방득관):관대함. 마음을 활짝 열어 놓음
*田地(전지):마음
*流得久(유득구):남기어 오래 가게 함
*不匱(불궤):부족함이 없음

2
남에게 양보할 줄 아는 미덕

경로착처   유일보   여인행   자미농적   감삼분
徑路窄處엔 留一步하여 與人行하고, 滋味濃的은 減三分하여

양인기   차시섭세   일극안락법
讓人嗜하라 此是涉世의 一極安樂法이니라.

해 석   작은 길 좁은 곳에서는 한 걸음 물러서서 남이 지나가도록 하고, 맛있는 음식은 3분의 1을 덜어 남이 먹도록 양보하라. 이것이 세상을 살아가는 가장 마음 편한 방법이다.

♣ 한자 익히기

徑:길 경 留:머무를 류 滋:맛 자, 많을 자 濃:진할 농 讓:사양할
양 嗜:즐길 기 極:다할 극 安:편안할 안 樂:즐거울 락, 좋아할 요

♠ 뜻풀이
*徑路(경로):작은 길, 지름길
*窄處(착처):좁은 길목
*與人行(여인행):남이 먼저 가게 함
*滋味濃的(자미농적):맛있는 음식
*讓人嗜(양인기):남에게 양보하여 맛보게 함

176

3
공은 자랑하지 말라

해석 　세상을 뒤덮는 공로가 있더라도 '자랑할 긍(矜)' 자를 당할 수 없고, 하늘에 가득 찬 큰 죄라도 '후회할 회(悔)' 자는 당하지 못한다.

♣ 한자 익히기

蓋:덮을 개, 지붕 이을 합　功:공 공　當:마땅 당　矜:자랑할 긍

彌:두루 미,오래 미　罪:허물 죄　過:허물 과　個:낱 개　悔:후회할 회

♣ 뜻풀이

*蓋世(개세):세상을 덮다

*不得(부득)~:~을 할 수 없다

*彌天(미천):하늘까지 가득 참

*罪過(죄과):죄와 허물

재미있는 이야기

조선 태조 때 이숙번(李叔蕃)은 제1차 왕자의 난 때 방원(芳遠:太宗)을 도와 나라의 공신이 되었다. 그는 자신의 공을 믿고 온갖 방종과 교만을 부렸다. 재상들을 자신의 하인 다루듯이 하는가 하면 자신의 집 앞을 지나가는 인마(人馬)의 소리가 시끄럽다 하여 사람들이 길목을 드나들지 못하게 하였다. 교만이 하늘 높은 줄 모르던 그가 마침내 죄를 짓고는 함양으로 귀양을 갔다. 귀양 생활에서도 그는 자신의 잘못을 반성하기는커녕 임금을 원망하며 세월을 보냈다. 세종이 용비어천가를 지으면서 그에게 조언을 얻을까 하여 잠시 서울로 불렀다. 조정에 들어선 그는 정승을 둘러보면서 예전의 습관을 버리지 못하고 "코흘리개였던 아무개 네가 벌써 정승이 되었느냐?" 하고 말했다. 일을 마치자 이숙번에게 뇌물을 받은 김돈이란 자가 석방해 줄 것을 청했다. 그러나 세종은 "이숙번은 태종 때 공신으로 죄를 지어 귀양갔으니 내 마음대로 용서할 수 없다." 하고는 다시 함양으로 내려보냈다.

4
때로는 욕된 행실과 오명을 자기에게 돌려라

완명미절 　불의독임 　분사여인 　가이원해전신
完名美節은 不宜獨任이니 分些與人이면 可以遠害全身이요,

욕행오명 　불의전추 　인사귀기 　가이도광양덕
辱行汚名은 不宜全推이니 引些歸己면 可以韜光養德이라.

해 석　　완전한 명예와 아름다운 절개는 혼자만 차지해서는 안 되니 조금 나누어서 남을 주면 해를 멀리 하여 몸을 보전할 수 있고, 욕된 행실과 더러운 이름은 모두 남에게 미루어서는 안 되니 조금은 자기에게 돌리면 빛을 감추고 덕을 기를 수가 있다.

♣ 한자 익히기

完:완전할 완, 마칠 완　美:아름다울 미　宜:마땅 의　節:절개 절, 마디 절　獨:홀로 독　任:맡을 임　些:조금 사　與:줄 여, 더불 여　遠:멀 원　害:해칠 해　辱:욕될 욕　汚:더러울 오　推:미룰 추　己:몸 기　養:기를 양　韜:감출 도　歸:돌아올 귀

♠ 뜻풀이

*完名(완명):완전한 명예　*美節(미절):아름다운 절개
*全身(전신):몸을 보전하다　*辱行(욕행):욕된 행실
*汚名(오명):더러운 이름　*不宜(불의):마땅하지 않음
*歸己(귀기):자신에게 돌림　*韜光(도광):빛을 감춤
*養德(양덕):덕성을 기름

5
다른 이를 공격하기에 앞서

공인지악　　무태엄　　요사기감수
攻人之惡은 毋太嚴하고 要思其堪受하라.

교인이선　　무과고　　당사기가종
敎人以善은 毋過高하고 當使其可從하라.

해석 남의 나쁜 점을 공격함에 너무 엄격해서는 안 되고, 그가 감당할 만한가를 생각해야 한다. 남에게 선(善)을 가르침에 너무 고상한 것을 바라지 말고 그가 능히 따를 수 있게 해야 한다.

♣ 한자 익히기

攻:칠 공　嚴:엄할 엄　善:착할 선　過:지나칠 과　堪:견딜 감
從:따를 종

♠ 뜻풀이
*太嚴(태엄):너무 엄격함
*堪受(감수):감당하여 받아들임
*過高(과고):지나치게 고상하고 높음

6
뽐내지 말며 정욕을 경계하라

긍고거오   무비객기   항복득객기하이후   정기신
矜高倨傲는 無非客氣니 降伏得客氣下而後에 正氣伸하며,

정욕의식   진속망심   소쇄득망심진이후   진심현
情欲意識은 盡屬忘心하니 消殺得妄心盡而後에 眞心現이라.

해석 뽐내고 거만스러운 것은 모두 객기이니, 그 객기를 항복시켜 끌어내린 후에야 정기가 펴진다. 정욕은 모두 망령된 마음에 속하니, 감소시켜 망령된 생각이 사라진 후에야 참된 마음이 나타난다.

♣ 한자 익히기

矜:자랑 긍 倨: 거만할 거 傲:거스릴 오 客:손 객 伸:펼 신

降:항복할 항, 내릴 강 伏:엎드릴 복 得:얻을 득 欲:하고자 할, 바랄 욕

消:끌, 사라질 소

♠ 뜻풀이

*矜高(긍고):뽐내며 높은 체함
*倨傲(거오):거만함
*客氣(객기):쓸데없는 기개
*正氣(정기):올바른 기운
*情欲(정욕):욕망
*忘心(망심):헛된 생각
*消殺(소쇄):소멸시키고 낮추는 것

　조선 세종 때의 맹사성(孟思誠)은 어진 재상으로 유명했는데 그는 관직에 있으면서도 시골에 계시는 부모님을 뵈러 다닐 때는 허름한 옷에 소를 타고 혼자 다녔다. 여느때와 다름없이 온양에 다녀오던 맹사성은 비를 만나 여관에서 하루 묵어 가기로 하였다. 여관에는 영남의 한 부호가 많은 종을 거느리고 온갖 거드름을 피우며 있었다. 그 사람은 허름한 차림의 맹사성을 보고 물었다.

　"영감은 어디 사시는 누구시오?"

　"나는 온양 사는 맹영감이오."

　"행색이 초라한 걸 보니 노년에 고생이 심한 것 같구려. 심심하니 우리 장난이나 즐깁시다."

　"그럽시다."

　맹사성과 젊은 부호는 공(公)자와 당(堂)자를 넣어 문답을 나누다가 헤어졌다. 알고보니 그 영남 부호는 벼슬을 얻기 위해 서울로 가는 길이었다. 맹사성이 조정에 들어와 일을 보는데 그 부호를 녹사란 벼슬에 천거하는 서류가 들어왔다. 맹사성은 그의 버릇 없음을 탓하지 않고 그대로 서명을 했다. 이튿날 인사를 하러 들어온 젊은 부호는 맹사성을 보자 크게 놀랐다.

　"어떤 공?"

　맹사성의 장난기 섞인 물음에 그는 물러나 엎드리면서 이렇게 말했다.

　"죽어야 마땅하당."

7
허물이 없으면 그것이 성공이다

> 처세   불필요공   무과   변시공
> 處世에 不必邀功하라 無過면 便是功이라.
>
> 여인   불구감덕   무원   변시덕
> 與人에 不求感德하라 無怨이면 便是德이라.

해석　세상을 살아감에 반드시 성공하기를 바라지 말라. 허물이 없으면 그것이 바로 성공이다. 남에게 베풀 때에는 은덕에 감동하기를 바라지 말라. 원망이 없으면 그것이 바로 은덕이다.

♣ 한자 익히기

處:장소 처　邀:맞이할 요　與:줄 여, 더불 여　感:느낄 감

怨:원망할 원

♠ 뜻풀이
*邀功(요공):성공을 바라다
*無過(무과):허물이 없는 것
*與人(여인):남에게 베푸는 것
*感德(감덕):은덕에 감격함

8
나아갈 수 없을 때는 한 걸음 물러나라

인정　　반복　　　세로　　기구　　　행불거처　　수지퇴일보지법
人情은 反復하며 世路는 崎嶇라. 行不去處엔 須知退一步之法하고,

행득거처　　　무가양삼분지공
行得去處엔 務加讓三分之功하라.

해 석 　사람의 마음은 변하기 쉬우며 세상을 살아가는 길은 험난하다. 행하여 갈 수 없는 곳에는 모름지기 한 걸음 물러서는 법을 알아야 하고, 행하여 갈 만한 곳에서는 삼분(三分)의 공을 사양하여 남에게 나눠주어야 한다.

♣ 한자 익히기
復:돌아올 복, 다시 부　崎:험할 기　嶇:험할 구　務:힘쓸 무
去:떠날 거, 지날 거　務:힘쓸 무, 직무 무　讓:사양할 양

♠ 뜻풀이
*反復(반복):자주 변함
*世路(세로):세상 살아가는 길
*崎嶇(기구):험함
*行不去處(행불거처):가려 해도 갈 수 없는 곳
*行得去處(행득거처):가려면 갈 수 있는 곳
*三分(삼분):10분의 3

9
마음을 정하고 뜻이 한결같다면

피부　　아인　　　피작　　　　아의　　　군자　　　　　고불위군상소뇌롱
彼富면 我人이요 彼爵이면 我義라 君子는 固不爲君相所牢籠이라.

인정　　　　승천　　　　지일　　　동기　　　군자　　　역불수조물지도주
人定하면 勝天하고 志一하면 動氣라. 君子는 亦不受造物之陶鑄라.

해석　저 사람이 부(富)를 내세우면 나는 인(仁)을 내세우고, 저 사람이 벼슬을 내세우면 나는 의(義)를 내세운다. 군자는 본디 임금이나 재상(宰相)에게 구속당하지 않는다. 사람의 마음이 정해지면 하늘을 이길 수 있고, 뜻이 한결같으면 기(氣)를 움직일 수 있다. 그러므로 군자는 조물주가 만든 틀에 구애받지 않는다.

♣ 한자 익히기

彼:저 피　爵:벼슬 작　固:굳을 고, 본디 고　牢:감옥 뢰　籠:새장 롱
勝:이길 승　志:뜻 지　陶:그릇 도　鑄:쇠 부릴 주

♠ 뜻풀이
*君相(군상):임금과 재상
*牢籠(뇌롱):뇌는 감옥, 농은 새장이란 뜻으로 구속받는 것
*人定勝天(인정승천):사람의 마음이 정해지면 하늘도 이길 수 있다
*志一(지일):뜻이 한결같음
*動氣(동기):기질을 변화시킴
*造物(조물):조물주
*陶鑄(도주):그릇을 만드는 틀

10
남에게 베푼 것은 잊고 나의 허물은 새겨 두라

아유공어인　불가념　이과즉불가불염
我有功於人은 不可念이나 而過則不可不念이요,

인유은어아　불가망　이원즉불가불망
人有恩於我는 不可忘이나 而怨則不可不忘이라.

해석 내가 다른 사람에게 베푼 공은 마음에 새겨 두어서는 안 되나, 허물은 마음에 새겨 두어라. 다른 사람이 나에게 베푼 은혜는 잊어서는 안 되나, 남에게 원망이 있으면 잊어 버려라.

♣ 한자 익히기

過:허물 과　恩:은혜 은　念:생각 념　忘:잊을 망　怨:원망할 원

♠ 뜻풀이

*有功於人(유공어인):남에게 베푼 공
*不可不念(불가불염):기억해 둬야 함
*有恩於我(유은어아):나에게 베푼 은혜가 있음

재 미 있 는 이 야 기

　암행어사로 유명한 박문수(朴文秀)는 조태채(趙泰采) 집안과 원수처럼 여기는 사이였다. 대궐에서 회식이 있을 때면 꼭 콩나물 대가리를 손으로 떼어 먹으면서 "콩나물은 대가리를 떼고 먹어야 한다." 하였으니 태채는 바로 콩나물의 한자 표기로 조태채의 머리를 베겠다는 뜻을 암시한 말이다. 그런데 조태채의 아들 조관빈이 죄에 걸려 극형을 받게 되었다. 박문수는 임금에게 "조관빈의 죄가 비록 무겁다 하나 극형에는 해당되지 않습니다." 하니 임금은 의아하다는 듯이 물었다.

　"조관빈은 그대 집안과 원수 사이가 아닌가?"

　그러자 박문수는 이렇게 말했다.

　"성상께서 저의 집안 원수를 갚아 주시려면 그를 죽이십시오. 그러나 사사로운 원수와 나라의 죄와는 구별이 되니 어찌 죽을 죄가 아닌 줄 알고도 그가 죽는 것을 보고 있겠습니까?"

　조관빈은 박문수의 말 한마디 덕분에 살아날 수가 있었다.

채근담

11
베풀 때에는 베푼다는 생각을 버려라

시은자   내불견기   외불견인   즉두속   가당만종지혜
施恩者 內不見己하고 外不見人하면 則斗粟도 可當萬鍾之惠라.

이물자   계기지시   책인지보   수백일   난성일문지공
利物者 計己之施하고 責人之報하면 雖百鎰이라도 難成一文之功이라.

해석 은혜를 베푸는 자가 안으로는 자기를 보지 않고 밖으로는 남이 보이지 않으면 한 말의 곡식이라도 수만 섬의 곡식을 준 은혜와 같다. 그러나 남에게 혜택을 주는 자가 자신이 남에게 베푼다는 생각을 갖고 갚기를 바란다면 비록 수천 냥을 주더라도 한 푼을 주는 공도 이루기가 어렵다.

♣ 한자 익히기

施:베풀 시, 젠체할 이 己:몸 기 斗:말 두 粟:곡식 속 鐘:쇠북 종
惠:은혜 혜 責:맡을 책 報:갚을 보 雖:비록 수 鎰:스물넉냥 일

♠ 뜻풀이

*不見己(불견기):자신을 보지 않음. 즉 자신이 남에게 베푼다는 생각을 갖지 않음
*不見人(불견인):남이 보이지 않음. 즉 남이 자기에게 은혜를 받는다는 생각을 갖지 않음
*利物者(이물자):남에게 혜택을 주는 사람
*斗粟(두속):한 말의 곡식. 작은 수량   *萬鍾(만종):많은 양의 곡식
*百鎰(백일):많은 돈   *一文(일문):한 푼의 돈

12
남의 사정을 헤아릴 줄 알아야 한다

인지제우　　유제유부제　　　이능사기독제호
人之際遇는 有齊有不齊어늘 而能使己獨齊乎아?

기지정리　　유순유불순　　　이능사인개순호
己之情理도 有順有不順이어늘 而能使人皆順乎아?

이차상관대치　　　역시일방편법문
以此相觀對治면 亦是一方便法門이라.

해 석　사람들 중에는 갖출 것을 다 갖춘 사람도 있고 다 갖추지 못한 사람도 있는데, 어찌 자기 홀로만 다 갖추기를 바랄 수가 있겠는가? 자신의 마음도 순할 때가 있고 순하지 못할 때가 있는데 어찌 사람들이 다 순하기를 바라겠는가? 이것을 서로 대조하여 다스려 나가는 것도 세상을 살아가는 편리한 한 방법이 될 것이다.

♣ 한자 익히기
際:가 제, 사귈 제　遇:만날 우　齊:엄숙할 제　使:부릴 사
乎:어조사 호　法:법 법

♣ 뜻풀이
*際遇(제우):여러 가지 경우, 갖가지 사정
*情理(정리):마음, 정신 상태
*相觀對治(상관대치):다른 사람과 비교하여 균형을 잡아 다스려 나감
*方便法門(방편법문):불교에서 진실법문(眞實法門)에 상반되는 말로 편리하게 세상을 사는 방법이란 뜻

13
희생할 때에는 의심하지 말라

사기   무처기의   처기의   즉소사지지   다괴의
舍己어든 毋處其疑하라. 處其疑면 卽所舍之志에 多愧矣리라.

시인   무책기보   책기보   병소시지지심   구비의
施人커든 毋責其報하라. 責其報하면 倂所施之心이 俱非矣니라.

해석   남을 위해 자신을 희생하기로 하였으면 의심하지 말라. 하면서 의심하면 희생하는 뜻에 부끄러움이 많게 된다. 남에게 베풀거든 갚아주기를 바라지 말라. 갚기를 책임지우면 베풀어준 마음까지도 모두 그르치게 된다.

♣ 한자 익히기
舍:버릴 사, 놓을 사　疑:의심할 의　卽: 곧 즉　愧:부끄러울 괴
責:책임 책　倂:나란히 병　俱:함께 구

♠ 뜻풀이
*舍己(사기):자신을 버리는 것, 자기 희생
*處其疑(처기의):의심을 두다
*施人(시인):남에게 베푸는 것
*責其報(책기보):그것 갚기를 책임지우다
*所施之心(소시지심):베풀었던 마음

재미있는 이야기

조선 선조 때 역관 홍순언(洪純彦)이 한번은 사신을 따라 북경에 갔다. 업무 수행중 사신이 부추겨 홍등가를 어슬렁거리다 한 여인을 만났는데 하룻밤 화대가 천금이라 하였다. 까닭을 물으니 그녀는 어느 고관의 딸로 아버지가 죄를 입고 죽임을 당했는데 그 장례비를 마련하기 위함이라 하였다. 그는 그녀의 딱한 사정을 듣고 필요한 돈을 주어 여인을 돌려 보냈다. 그러나 그 돈은 공금이었기에 귀국해 옥고를 치렀으나 그는 후회하지 않았다.

십여 년이 흐른 후 임진왜란이 일어나 홍순언은 응원군을 청하는 사신을 따라 북경에 다시 갔다. 북경에 도착하자 홍순언을 찾는 사람이 마중을 나와 있었다. 홍순언은 영문도 모르고 따라갔더니 안방에서 웬 여인이 나와 절을 하였다. 자세히 살피니 십여 년 전에 장례 비용을 주었던 그 여인이었다. 그녀는 홍순언 덕택에 몸을 더럽히지 않고 아버지의 장례를 마친 후 병부상서 석성 대감의 후실이 되었던 것이다.

응원군은 바로 병부상서의 소관이어서 명 나라에서 응원군을 파견하겠다는 확답을 받고 돌아오는데 그녀는 비단을 가득히 담은 큰 함을 하나 주었다. 그 비단에는 필마다 '보은단(報恩緞)'이라는 수가 새겨져 있었다.

채
근
담

14
원만하고 너그러운 마음을 유지하라

차심　　상간득원만　　천하　　자무결함지세계
此心이 常看得圓滿하면 天下에 自無缺陷之世界요,

차심　　상방득관평　　천하　　자무험측지인정
此心이 常放得寬平하면 天下에 自無險側之人情이라.

[해][석]　자신의 마음이 항상 원만하면 천하는 저절로 결함 없는 세계
가 될 것이요, 내 마음이 항상 너그럽고 평화로우면 천하에서 저절로
사나운 인정이 사라지게 될 것이다.

♣ 한자 익히기

此:이 차　常:항상 상　看:볼 간　圓:둥글 원　滿:가득 찰 만

缺:이지러질 결　陷:빠질 함　界:경계 계　寬:너그러울 관

險:험난할 험　　側:곁 측, 배반할 측

♠ 뜻풀이

*此心(차심):내 자신의 마음
*寬平(관평):관대하고 평화로움
*險側(험측):험하고 흉측함

재미있는 이야기

　무학대사는 조선 태조를 도와 개국에 큰 도움을 준 인물이다. 한
번은 술자리에서 태조가 무학에게 농담을 걸었다.
　"대사님 모습이 꼭 돼지 같습니다 그려."
　그러자 무학은 빙긋이 웃으며 이렇게 대꾸했다.
　"제 눈에는 전하의 모습이 꼭 부처님 같습니다."
　"아니, 대사. 나는 대사를 돼지라 하였는데 저를 부처님이라뇨?"
　"전하. 돼지 눈에는 돼지만 보이고 부처님 눈에는 누구나 다 부처
님으로 보이게 마련입니다."

15
남에게 구애받지 말고 자신의 지조를 지켜라

담박지사　　필위농염자소의　　검칙지인　　다위방사자소기
澹泊之士는 必爲濃艶者所疑요 檢飭之人은 多爲放肆者所忌니

군자처차　　고불가소변기조리　　역불가태로기봉망
君子處此에 固不可小變其操履하고 亦不可太露其鋒芒이라.

해석 청렴하게 사는 선비는 반드시 호화롭게 사는 사람에게 미움을 받게 되고, 자신을 단속하며 사는 사람은 흔히 제멋대로 생활하는 사람에게 거리낌을 받게 마련이다. 군자는 이런 경우에 조금이라도 지조와 행실을 바꿔서는 안 되며 그 날카로움을 너무 드러내서도 안 된다.

♣ 한자 익히기

泊:욕심이 없을 박, 묵을 박　疑:의심할 의　檢:점검할 검
忌:거리낄 기　鋒:칼날 봉　操:잡을 조, 지조 조　履:밟을 리, 신 리
芒:가스랑이 망

♠ 뜻풀이
*澹泊之士(담박지사):생활이 담백한 선비
*濃艶者(농염자):생활이 화려한 사람
*檢飭(검칙):행실을 단속함
*放肆者(방사자):생활이 방탕한 사람
*操履(조리):지조와 행실
*太露(태로):너무 드러냄
*鋒芒(봉망):칼날과 가스랑이

16
은혜와 원수를 모두 잊어라

원인덕창   고   사인덕아   불약덕원지양망
怨因德彰이라 故로 使人德我로는 不若德怨之兩忘이요,

구인은립   고   사인지은   불약은구지구민
仇因恩立이라 故로 使人知恩으로 不若恩仇之俱泯이라.

해 석 원망은 덕으로 인하여 나타난다. 그러므로 남으로 하여금 나를 덕이 있다고 여기게 하는 것은 덕과 은혜 모두를 잊게 하는 것만 못하다. 원수는 은혜로 인하여 생긴다. 그러므로 남이 나의 은혜를 알게 하기보다는 은혜와 원수를 모두 없애게 하는 편이 낫다

♣ 한자 익히기

怨:원수 원, 원망 원 因:말미암을 인 彰:드러날 창 兩: 두 양

忘:잊을 망 仇:원수 구 知:알 지 俱:함께 구 泯:없어질 민

♠ 뜻풀이

*怨因德彰(원인덕창):원한은 덕 때문에 드러난다
*使人德我(사인덕아):남으로 하여금 나의 은덕을 느끼게 함
*德怨之兩忘(덕원지양망):덕과 은혜 두 가지를 다 잊다
*不若(불약)~:~하는 것만 같지 못하다
*恩仇之俱泯(은구지구민):은혜와 원수를 함께 마음에서 지우는 것

~ 우련하다

은혜

원망

17
평소의 행실을 삼가라

시사은 불여부공의 결신지 불여돈구호
市私恩은 不如扶公議요 結新知는 不如敦舊好며,

입영명 불여종은덕 상기절 불여근용행
立榮名은 不如種隱德이요 尙奇節은 不如謹庸行이라.

해석 사사로운 은혜를 베푸는 것은 공적인 의논을 부지하는 것만
못하고, 새로운 친구를 사귀는 것은 옛 친구와 우의를 돈독히 하는
것만 못하다. 영예로운 이름을 얻는 것은 몰래 덕을 심는 것만 못하
고, 특이한 절조를 숭상하는 것은 평소의 행실을 삼가는 것만 못하다.

♣ 한자 익히기

扶:붙잡을 부, 도울 부 結:맺을 결 敦:돈독할 돈 好:좋을 호
榮:영화 영 尙:숭상할 상, 오히려 상 謹:삼갈 근 庸:쓸 용, 항상 용

♠ 뜻풀이
*市私恩(시사은):사사로운 은혜를 베풂
*結新知(신지):새로운 벗을 사귐
*舊好(구호):옛 친구와의 우호
*榮名(영명):영예로운 명성
*隱德(은덕):숨은 덕
*奇節(기절):기이한 절조
*庸行(용행):평소의 행실

18
친구의 잘못을 보았거든 간절하게 충고하라

처부형골육지변   의종용   불의격렬
處父兄骨肉之變하면 宜從容하고 不宜激烈하며,

우붕우교유지실   의개절   불의우유
遇朋友交遊之失하면 宜凱切하고 不宜優游라.

해석 부모 형제가 변을 당하면 침착해야지 격렬하게 해서는 안 되
며, 친구의 우정에 잘못을 보면 간절하게 충고해야지 주저해서는 안
된다.

♣ 한자 익히기

處:곳 처, 처할 처 骨:뼈 골 肉:고기 육 變:변할 변 容:얼굴 용,
용납할 용 激:심할 격 烈:매울 렬 遇:만날 우 朋:벗 붕
交:사귈 교 遊:놀 유 凱:간절할 개, 가까울 개 失:잃을 실, 과실 실
優:너그러울 우

♠ 뜻풀이
*父兄(부형):부모 형제
*骨肉(골육):살붙이
*從容(종용):조용함
*朋友(붕우):친구
*交遊(교유):사귐
*凱切(개절):간절하게 충고함
*優游(우유):우물쭈물하다

19
사랑이 지나치면 도리어 원수가 되기 쉽다

천금　　　난결일시지환　　　일반　　　경치종신감
千金도 難結一時之歡이요 一飯도 竟致終身感이니

개애중반위구　　　　박극번성희야
蓋愛重反爲仇요 薄極翻成喜也라.

해석 천금으로도 한때의 환심을 사기가 어려우나 한끼의 밥은 평생토록 감사함을 느끼게 할 수도 있다. 대개 사랑이 지나치면 도리어 원수가 되기 쉽고, 박대함이 극에 달하면 도리어 기쁨이 될 수도 있다.

♣ 한자 익히기
難:어려울 난, 성할 난　結:맺을 결　歡:기쁠 환　飯:밥 반
竟:마침내 경　感:느낄 감　愛:사랑 애　重: 무거울 중　仇:원수 구
薄:얇을 박　極:끝 극　翻:번득일 번　喜:기쁠 희

♠ 뜻풀이
*千金(천금):많은 돈
*一飯(일반):한끼의 식사
*終身感(종신감):평생토록 은혜를 고맙게 여김
*愛重(애중):사랑이 지나친 것
*薄極(박극):박대함이 극에 이름

20
모욕을 받아도 얼굴빛에 나타나지 않는다면

각인지사   불형어언   수인지모   부동어색
覺人之詐라도 不形於言하고 受人之侮라도 不動於色하면

차중   유무궁의미   역유무궁수용
此中에 有無窮意味하며 亦有無窮受用이라.

해석　남이 속이는 것을 알더라도 말로 표현하지 않고, 남에게 모욕을 받더라도 얼굴빛에 나타나지 않는다면 이 가운데 무궁한 뜻이 있고 또 무궁한 효용이 있다.

♣ 한자 익히기

覺:깨달을 각, 꿈 깰 교　詐:속일 사　侮: 업신여길 모　動:움직일 동
色:빛 색　窮:다할 궁　味:맛 미　受:받을 수　用:쓸 용

♣ 뜻풀이
*覺人之詐(각인지사):남의 속임수를 앎
*不形於言(불형어언):말로 나타내지 않음
*不動於色(부동어색):안색을 변치 않음
*受用(수용):활용(活用), 작용

21
잘 살피되 지나친 의심은 삼가라

해인지심　　불가유　　방인지심　　불가무
「害人之心은 不可有요 防人之心은 不可無라」 하니

차　　계소어려야　　　　영수인지기　　　　무역인지사
此는 戒疎於慮也라. 「寧受人之欺언정 毋逆人之詐라」 하니

차　　경상어찰야　　　이어병존　　　정명이혼후의
此는 警傷於察也라. 二語竝存하면 精明而渾厚矣라.

해석　'남을 해치려는 마음을 가져서는 안 되며, 남이 해치려는데 이를 막으려는 마음이 없으면 세상을 살아가기 어려울 것이다.' 라 하니 이는 생각이 소홀함을 경계하는 말이다. '남에게 속임을 당할지라도 남이 속일 것을 미리 생각하지 말라.' 하였으니 이는 지나치게 살피는 데에 잘못이 있을까 경계한 말이다. 이 두 가지 말을 아울러 명심하면 생각이 맑아지고 인품이 원만해질 것이다.

♣ 한자 익히기

害:해칠 해, 어찌할 해　戒:경계할 계　疎:소홀할 소　慮:생각 려
寧:편안할 녕　警:경계할 경　竝:견줄 병　渾:흐릴 혼　厚:두터울 후

♠ 뜻풀이
*害人之心(해인지심):남을 해치려는 마음
*防人之心(방인지심):남이 해치려는 마음을 막는 것
*受人之欺(수인지기):남의 속임을 받다
*逆人之詐(역인지사):남이 자기를 속일 것이라고 미리 생각함
*傷於察(상어찰):지나치게 살펴 자기의 덕을 해침
*精明(정명):생각이 정밀함　*渾厚(혼후):덕이 원만함

재미있는 이야기

조선 숙종 때 대제학을 지낸 김진규(金鎭圭)는 정이 많아 남에게 잘 베풀었다. 그만큼 그를 속이려는 사람 또한 많았다. 하루는 과거 시험관으로 차출되어 올라가는데 한 선비를 만났다. 그 선비는 말을 타고 책을 열심히 읽으며 가고 있었다. 주막에 들른 김진규가 그 선비를 발견하고 인사를 나눈 후 그의 딱한 사정을 듣게 되었다.

"저는 늙으신 부모님을 모시고 사는데, 수차례 과거를 보았으나 시험장에 들어설 때마다 가슴이 떨려 글씨도 제대로 쓰지 못해 매번 떨어지고 말았습니다. 이제 저 역시 나이가 들어 이번 과거마저 낙방하면 부모님을 어떻게 봬야 될지 앞이 깜깜합니다."

김진규가 보니 그의 작품이 모두 훌륭한 데다가 글씨도 잘 썼다. 그래서 이름을 기억해 두었다가 합격을 시켜주었다. 그 후 합격자들이 찾아와 인사를 하는데 김진규는 그 선비를 보고 축하해 주었다.

"노부모님께서는 그대의 합격을 보고 얼마나 기뻐하시겠는가?"

그러자 선비는 꿇어앉으며 말했다.

"용서하십시오. 제가 그때 드린 말씀은 모두 거짓이었습니다. 부모님은 계시지도 않고 이번에 처음 응시하였다가 합격한 것입니다. 저는 처음부터 대감께서 과거 시험을 관리하는 관원이신 걸 알고 있었습니다."

김진규는 그 말에 씁쓸한 웃음을 지을 수밖에 없었다.

22
고난은 함께 하고 안락은 같이 하지 말라

당여인동과   부당여인동공   동공즉상기
當與人同過나 不當與人同功이니 同功則相忌하고

가여인공환난   불가여인공안락   안락즉상구
可與人共患難이나 不可與人共安樂이니 安樂則相仇니라.

해석   허물은 남과 같이 해도 되지만, 공로는 남과 함께 해서는 안 되니, 공로를 함께 하면 서로 시기하게 될 것이다. 남과 더불어 고난을 함께 해도 되지만 남과 함께 안락은 같이 해서는 안 되니, 안락을 함께 하면 서로 원수가 될 것이다.

♣ 한자 익히기

與:더불 여, 줄 여 相:서로 상 可:옳을 가 共: 함께 할 공
患:걱정 환 安:편안할 안

♠ 뜻풀이
*與人同過(여인동과):남과 더불어 허물을 함께 뒤집어씀
*同功(동공):공로를 함께 함
*相忌(상기):서로 꺼려함
*共患難(공환난):근심과 어려움을 함께 함
*共安樂(공안락):편안하고 즐거움을 함께 함
*相仇(상구):서로 원수가 됨

23
마음이 너그러운 사람은 만물을 기른다

<blockquote>
염두관후적   여춘풍후육   만물   조지이생

念頭寬厚的은 如春風煦育하여 萬物이 遭之而生하고,

염두기각적   여삭설음응   만물   조지이사

念頭忌刻的은 如朔雪陰凝하여 萬物이 遭之而死니라.
</blockquote>

해석 마음이 너그러운 사람은 마치 봄바람이 따뜻하게 길러주듯이 만물이 그를 만나면 살아나고, 마음이 시기하고 각박한 사람은 마치 차가운 눈이 음산하게 엉기듯 하여 만물이 그를 만나면 죽게 된다.

♣ 한자 익히기

煦:따뜻할 후 育:기를 육 遭:만날 조 忌:꺼릴 기 刻:새길 각, 시각 각 朔:북방 삭, 초하루 삭 雪:눈 설 陰:그늘 음 凝:엉길 응 死:죽을 사

♠ 뜻풀이

*寬厚(관후):너그럽고 후함
*煦育(후육):따뜻하게 품어서 기름
*忌刻(기각):시기하고 각박함
*朔雪(삭설):북쪽의 눈
*陰凝(음응):음산하여 얼어붙음

24
옛 친구를 소중히 여기고 노인을 공경하라

우고구지교　　　의기요유신　　　처은미지사　　심적의유현
遇故舊之交어든 意氣要愈新하고 處隱微之事어든 心迹宜愈顯하며

대쇠후지인　　　　은례당유륭
待衰朽之人이어든 恩禮當愈隆하라.

해석 옛 친구를 만나면 우정을 더욱 새롭게 해야 하고, 은밀한 일을
당해서는 마음을 더욱 뚜렷이 드러나게 해야 하고, 노쇠한 사람을 만
나거든 은혜와 예를 더욱 융숭하게 해야 한다.

♣ 한자 익히기
故:예 고, 연고 고　愈:더욱 유, 병 나을 유　隱:숨을 은
微:은미할 미　迹:자취 적　顯:나타날 현　待:대할 대　衰:쇠약할 쇠
朽:썩을 후　隆:융성할 융

♠ 뜻풀이
*故舊(고구):옛 친구
*隱微之事(은미지사):비밀스러운 일
*心迹(심적):마음의 형적
*愈顯(유현):더욱 분명히 나타냄
*衰朽之人(쇠후지인):노쇠한 사람
*恩禮(은례):은혜와 예우

25
남의 평가에 일희일비(一喜一悲)하지 말라

아귀이인봉지　　　봉차아관대대야
我貴而人奉之는 奉此峨冠大帶也요,

아천이인모지　　　모차포의초리야
我賤而人侮之는 侮此布衣草履라.

연즉원비봉아　　　아호위희　　　　원비모아　　　아호위노
然則原非奉我니 我胡爲喜하며, 原非侮我니 我胡爲怒리오?

해석　　내가 고귀하여 남이 받드는 것은 나의 높다란 관(冠)과 큰 띠를 받드는 것이요, 내가 미천하여 남이 모욕하는 것은 베옷과 짚신을 모욕하는 것이다. 그러니 원래 나 자신을 받드는 것이 아니니 내가 무엇을 기뻐할 것이며, 원래 나 자신을 모욕하는 것이 아니니, 내가 어찌 화를 내겠는가?

♣ 한자 익히기

我:나 아, 우리 아　貴: 귀할 귀　奉:받들 봉　峨:높을 아　冠:관 관
帶:띠 대　侮:모욕할 모　布:베 포　衣:옷 의　履:신 리　胡:어찌 호,
오랑캐 호, 멀 호　怒:성낼 노

♠ 뜻풀이
*峨冠(아관):높은 관원이 쓰는 관
*大帶(대대):높은 관원이 두르는 큰 띠
*布衣(포의):베옷. 벼슬이 없는 선비
*草履(초리):짚신

26
남을 감화시키는 마음

우기사적인　　　　이성심감동지　　　　우폭려적인
遇欺詐的人이어든 以誠心感動之하고, 遇暴戾的人이어든

이화기훈증지　　　　우경사사곡적인　　　　이명의기절격려지
以和氣薰蒸之하며, 遇傾邪私曲的人이어든 以名義氣節激礪之하면,

천하　　　무불입아도야중의
天下에 無不入我陶冶中矣니라.

해석　사기성이 있는 사람을 만나거든 정성껏 그를 감동시키고, 포
악스런 사람을 만나거든 온화한 마음으로 감화시키며, 간사하고 욕심
이 많은 사람을 만나거든 명분과 의리, 기개와 절조로써 격려하라. 그
렇게 하면 천하 모든 사람이 나의 감화를 받게 될 것이다.

♣ 한자 익히기
遇:만날 우, 대접할 우　欺:속일 기　詐:거짓 사　誠:정성 성
戾:사나울 려　薰:향기 훈　蒸:찔 증　傾:기울 경　曲:굽을 곡　礪:갈 려
陶:질그릇 도　冶:녹일 야

♠ 뜻풀이
*欺詐(기사):사기. 남을 속이는 것
*暴戾(폭려):포악함
*薰蒸(훈증):김을 쏘이는 것
*傾邪私曲(경사사곡):마음이 간악하고 사리사욕을 탐냄
*激礪(격려):격려하고 깨닫게 함
*陶冶(도야):가르치고 감화시킴

재미있는 이야기

조선 헌종 때 선비인 홍기섭(洪耆變)은 집이 너무나도 가난하였는데 하루는 도둑이 들었다. 도둑이 훔칠 만한 것을 찾아도 없자 솥이라도 떼어 갈까 하고 열어 보니, 밥을 언제 해 먹었는지 새빨갛게 녹이 슬어 있는 게 아닌가. 불쌍한 생각이 든 도둑은 남의 집에서 훔쳐온 돈꾸러미를 솥에다 넣고 나왔다. 그런데 이튿날 홍기섭 집 앞에 가 보니 그 돈을 찾아가라는 방이 붙어 있는 것이 아닌가. 도둑은 홍기섭을 찾아가 무릎을 꿇었다.

"저는 어제 나으리 집에 돈을 놓고간 도둑놈입니다. 너무 딱한 처지이시기에 조금의 도움이라도 될까 싶어 그랬사오니 그냥 받아 두십시오."

홍기섭은 도둑에게 사람의 도리를 가르치며 타일렀다. 그에게 감흥한 도둑은 홍기섭의 집에서 일을 거들게 되었고, 그 후 홍기섭의 손녀딸은 헌종의 왕비가 되었다.

27
검소함과 겸양은 지나치지 말라

검 미덕야 과즉위간린 위비색 반사아도
儉은 美德也니 過則爲慳吝하고 爲鄙嗇하여 反傷雅道하고,

양 의행야 과즉위족공 위곡근 다출기심
讓은 懿行也나 過則爲足恭하고 爲曲謹하여 多出機心이라.

해석 검소함은 미덕이기는 하지만 지나치면 인색해지고 천박해져 도리어 정도(正道)를 해치며, 겸양은 아름다운 행실이기는 하나 넘치면 아첨과 비굴이 되어 책략을 꾸미는 마음이 생겨난다.

♣ 한자 익히기

儉:검소할 검, 적을 검 過:지나칠 과 慳:아낄 간 吝:인색할 인
鄙:궁색할 비, 비루할 비 嗇:인색할 색 懿:아름다울 의 恭:공손할 공
曲:굽을 곡 謹:삼갈 근

♠ 뜻풀이
*慳吝(간린):지나치게 인색함
*鄙嗇(비색):천박하고 인색함
*雅道(아도):정도(正道)
*懿行(의행):아름다운 행실
*足恭(족공):지나친 공손
*曲謹(곡근):지나치게 조심함
*機心(기심):꾀를 내는 마음

조선 중종 때 사람 안탄대(安坦大)는 집이 몹시 가난하였는데, 그의 딸이 중종의 후궁이 되면서 집안 형편이 조금씩 펴지게 되었다. 그리고 그의 외손자 덕흥대군의 아들이 왕위를 이으니 바로 선조이다. 이처럼 귀한 신분이 되었는데도 안탄대는 가난했던 시절 그대로 검소한 생활을 하다가 만년에는 눈이 멀어 앞을 보지 못하게 되었다. 선조는 어떻게든 외증조의 노후를 영화롭게 해주려고 했으나 안탄대는 분수 밖의 일이라면서 거절했다. 어느 겨울에는 선조가 수달피 털로 만든 옷을 내리고 싶은데, 그가 받을지 의문이었다. 그래서 사람을 시켜 그런 뜻을 물어보게 하였다.

　"저는 본디 미천한 사람이어서 수달피 옷을 입는 것도 죽을 죄에 해당되고, 임금의 명을 거역하는 것도 죽을 죄이니 어차피 죽을 바에는 분수를 지키다 죽겠습니다."

　선조는 그의 뜻을 굽힐 수 없음을 알고는 거짓으로 개 가죽 옷이라고 속여서 수달피 옷을 내렸다. 그러자 안탄대는 그걸 어루만지며 이렇게 말했다.

　"상의 분부가 그러하시니 어찌 개 가죽 옷까지 사양하겠는가? 그런데 궁중의 개 가죽이어서 그런지 털이 몹시 부드럽구나."

채근담

28
악한 말을 들어도 미워하지 말라

문악　　　불가취오　　　공위참부설노
聞惡이라도 不可就惡이니 恐爲讒夫洩怒요,

문선　　　불가급친　　　공인간인진신
聞善이라도 不可急親이니 恐引奸人進身이라.

해석　남의 악한 말을 듣더라도 미워해서는 안 되니 참소하는 사람이 화풀이를 할까 두렵고, 남의 선한 말을 듣더라도 급히 친하지 말라. 간사한 사람의 출세를 이끌어줄까 두렵다.

♣ 한자 익히기

聞:들을 문, 이름날 문　就:이룰 취　恐:두려울 공　洩:샐 설
親:친할 친　恐:두려울 공, 아마 공　引:이끌 인　進:나아갈 진

♠ 뜻풀이
*聞惡(문악):남의 악을 듣다
*讒夫(참부):참소하는 사람. 간사한 사람
*洩怒(설노):화풀이를 하다
*進身(진신):입신출세

29
절의를 갖고 공명을 세우되 온화하고 겸손하라

> 절의지인   제이화충   재불계분쟁지로
> 節義之人은 濟以和衷이라야 纔不啓忿爭之路하고,
>
> 공명지사   승이겸덕   방불개질투지문
> 功名之士는 承以謙德이라야 方不開嫉妬之門이니라.

해 석　 절의가 있는 사람은 온화한 마음을 가져야만 화내고 다투는 길을 열지 않게 되고, 공명을 세운 선비는 겸손한 덕을 겸해야 질투의 문이 열리지 않을 것이다.

♣ 한자 익히기

濟:건질 제, 건널 제 衷:마음 충 啓:열 계 承:이을 승
謙:겸손할 겸 方:모 방, 바야흐로 방

♣ 뜻풀이
*濟以和衷(제이화충):화평한 마음을 함께 가짐
*和衷(화충):화평한 마음
*忿爭(분쟁):성내어 다툼
*謙德(겸덕):겸손한 덕

30
무릇 세상 사람들을 다 조심스럽게 대하라

> 대인   불가불외   외대인   즉무방일지심
> 大人은 不可不畏니 畏大人이면 則無放逸之心하고
>
> 소인   역불가외   외소인   즉무호횡지명
> 小人도 亦不可畏니 畏小人이면 則無豪橫之名이니라.

해석 대인군자는 두려워하지 않을 수 없으니, 대인군자를 두려워하면 방종한 마음이 없어질 것이다. 소인 역시 두려워하지 않을 수 없으니, 소인을 두려워하면 횡포하다는 이름을 듣지 않을 것이다.

♣ 한자 익히기
畏:두려울 외, 겁낼 외 放:놓을 방 逸:놓을 일 豪:호걸 호
橫:가로 횡, 횡포할 횡

♠ 뜻풀이
*大人(대인):덕망이 있는 훌륭한 사람
*不可不(불가불)~:~하지 않을 수 없다
*放逸之心(방일지심):방종한 마음
*豪橫之名(호횡지명): 횡포하다는 이름

31
원망스런 상황에 처하여서는

사초불역　　변사불여아적인　　　즉원우자소
事稍拂逆에 便思不如我的人이면 則怨尤自消하고,

심초태황　　변사승사아적인　　　즉정신자분
心稍怠荒에 便思勝似我的人하면 則精神自奮이라.

해석　일이 조금 뜻대로 안 될 때에는 나만 못한 사람을 생각하면 원망하는 마음이 스스로 사라질 것이요, 마음이 조금 게을러질 때에는 나보다 나은 사람을 생각하면 스스로 분발하는 마음이 일어나게 될 것이다.

♣ 한자 익히기

稍:작을 초, 점점 초　拂:거스를 불　尤:허물 우　消:꺼질 소
怠:게으를 태　荒:거칠 황　勝:이길 승　奮:떨칠 분

♠ 뜻풀이
*拂逆(불역):뜻대로 안 됨
*怨尤(원우):원망과 허물
*怠荒(태황):게을러짐

제 **4** 부

자연에서 찾은 지혜

1
고요한 중에도 활기찬 기상이 있어야 한다

好動子는 雲電風燈이요 嗜寂者는 死灰槁木이라.
호동자　　　운전풍등　　　기적자　　　사회고목

須定雲止水中에 有鳶飛魚躍氣象하니 纔是有道的心體라.
수정운지수중　　　유연비어약기상　　　재시유도적심체

해 석　움직이기를 좋아하는 이는 구름 속의 번개, 바람 앞의 등불 같으며, 고요함을 즐기는 자는 불 꺼진 재나 마른 나무와 같다. 모름지기 머무른 구름, 잔잔한 물결 위에 소리개가 날고 물고기가 뛰는 기상이 있어야 하니, 이것이 바로 도(道)의 심체(心體)이다.

♣ 한자 익히기

動:움직일 동, 일어날 동　雲:구름 운　電:번개 전　風:바람 풍
燈:등불 등　灰:재 회　槁:마를 고　鳶:매 연　飛:날 비　躍:뛸 약
象:형상 상　裁:겨우 재　體:몸 체

♣ 뜻풀이
*雲電(운전):구름 속의 번개　*嗜寂(기적):고요함을 즐김
*風燈(풍등):바람 앞의 등불. 풍전등화(風前燈火)
*死灰(사회):불이 꺼진 재　*槁木(고목):시든 나무
*定雲止水(정운지수):멈추어 있는 구름과 고요한 물결
*鳶飛魚躍(연비어약):소리개가 날고 물고기가 뛴다는 뜻으로, 자연스러운 도(道)를 뜻한다
*心體(심체):마음의 실체(實體)

2
밝음은 어둠에서, 깨끗한 것은 더러운 데서 나온다

분충지예   변위선이음로어추풍
糞蟲至穢나 變爲蟬而飮露於秋風하고,

부초무광   화위형이요채어하월
腐草無光이나 化爲螢而耀采於夏月하니,

고지결상자오출   명매종회생야
固知潔常自汚出하며 明每從晦生也니라.

해석 굼벵이는 매우 더럽지만 변하여 매미가 되어 가을 바람에 이슬을 먹고 살며, 썩은 풀은 빛이 없지만 변하여 반딧불이 되어 여름철 빛을 내니, 참으로 깨끗한 것은 더러운 것으로부터 나오고, 밝음은 매양 어두운 데서 생김을 알 수 있다.

♣ 한자 익히기

糞:똥 분 穢:더러울 예 蟬:매미 선 飮:마실 음 露:이슬 로

腐:썩을 부 螢:반딧불 형 耀:빛날 요 晦:어두울 회

♠ 뜻풀이
*糞蟲(분충):꽁지벌레를 말하는데 여기서는 굼벵이의 뜻으로 쓰였다
*腐草(부초):썩은 풀
*耀采(요채):광채를 냄

3
선한 사람은 잠자는 사이의 정신도 따사롭다

길인　　　무론작용안상　　　　즉몽매신혼　　　무비화기
吉人은 無論作用安祥이요, 卽夢寐神魂도 無非和氣라.

흉인　　　무론행사낭려　　　즉성음소어　　　혼시살기
凶人은 無論行事狼戾요, 卽聲音咲語도 渾是殺機니라.

해 석　선한 사람은 행동이 안락하고 상서로울 뿐 아니라 잠자는 동안의 정신까지도 화기에 차 있다. 흉한 사람은 행하는 일이 사나울 뿐만 아니라 말소리, 웃음소리조차도 모두 살기를 띠고 있다.

♣ 한자 익히기

吉:길할 길, 이로울 길　祥:자세할 상　寐:잠잘 매　狼:이리 랑

戾:어그러질 려　咲:웃음 소

♠ 뜻풀이

*吉人(길인):마음이 바르고 선한 사람
*作用(작용):하는 일. 행동
*安祥(안상):안락하고 상서롭다
*夢寐(몽매):잠자는 동안
*神魂(신혼):정신, 넋
*凶人(흉인):마음이 좋지 못한 사람
*狼戾(낭려):이리처럼 사납다
*聲音(성음):목소리
*咲語(소어):웃음　*殺機(살기):남을 해치는 기운. 살기(殺氣)

4
때묻고 더러운 것도 받아들이는 도량

地之穢者는 多生物하고 水之淸者는 常無魚라.

지지예자　　다생물　　　수지청자　　상무어

故로 君子는 當存含垢納汚之量하고 不可持好潔獨行之操라.

고　　군자　　　당존함구납오지량　　　불가지호결독행지조

해석 더러운 땅에는 생물이 많이 살고, 맑은 물에는 항상 고기가 살지 않는다. 그러므로 군자는 마땅히 때묻고 더러운 것을 받아들이는 도량을 지녀야지 깨끗한 것을 좋아하여 홀로 행하기를 좋아해서는 안 된다.

♣ 한자 익히기

穢:더러울 예, 거칠 예 多:많을 다 淸:맑을 청 魚:고기 어 當:마땅 당 存:있을 존 含:머금을 함 垢:때 구 納:들일 납 汚:더러울 오 持:가질 지 好:좋아할 호 潔:깨끗할 결 操:지조 조, 잡을 조

♠ 뜻풀이
*地之穢者(지지예자):더러운 땅
*含垢納汚之量(함구납오지량):때묻고 더러운 것을 받아들이는 아량
*好潔獨行之操(호결독행지조):깨끗한 것을 좋아하고 독특하게 행동하는 것을 좋아함

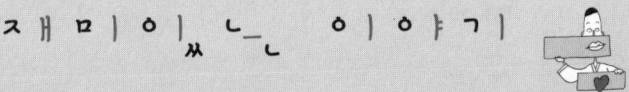

재미있는 이야기

　백이(伯夷)는 중국 은(殷)나라가 망하자 주(周)나라의 곡식을 먹지 않겠다며 수양산(首陽山)에 들어가 고사리를 캐어 먹고 살다 죽은 사람이다. 맹자(孟子)는 백이와 유하혜(柳下惠)에 대해 다음과 같이 대비하였다.

　'백이는 나쁜 색을 보지 않고 나쁜 소리를 듣지 않으며, 그의 임금이 아니면 섬기지 않는 성인 가운데 맑은 사람이다.'

　'유하혜는 나쁜 임금을 부끄럼 없이 섬기고, 낮은 벼슬도 사양하지 않으며 촌사람과 함께 있어도 괘념치 않으면서 너는 너고 나는 나이니 어찌 네가 나를 더럽힐 수 있겠는가 하였다. 그러므로 유하혜는 성인 가운데 온화한 사람이다.'

채근담

221

5
바쁜 가운데서 얻은 고요함

해석　고요한 가운데서 느낀 고요함은 참된 고요가 아니며, 바쁜 가운데서 얻은 고요함이라야 마음의 참된 경지이다. 즐거운 가운데서 얻은 즐거움은 참된 즐거움이 아니며, 괴로운 가운데서 얻은 즐거움이야말로 마음의 참된 기틀이다.

♣ 한자 익히기

性:성품 성 境:경계 경 體:몸 체 機:기틀 기

♠ 뜻풀이

*性天之眞境(성천지진경):마음의 참된 경지
*心體之眞機(심체지진기):마음의 참된 기틀

6
내 몸은 작은 우주이다

오신　일소천지야　사희노불건　호오유칙
吾身은 一小天地也라 使喜怒不愆하고 好惡有則이면

변시섭리적공부　천지　일대부모야　사민무원자
便是變理的功夫요, 天地는 一大父母也라 使民無怨咨하고

물무분진　역시돈목적기상
物無氛疹이면 亦是敦睦的氣象이라.

해석　내 몸은 작은 우주이다. 기뻐하고 성냄에 허물이 없게 하고 좋아하고 미워함에 법도가 있게 하면 이는 몸을 조화 있게 다스리는 공부가 될 것이다. 천지는 큰 부모이다. 백성들로 하여금 원망하는 탄식이 없게 하고 만물에 병 되는 일이 없게 하면 이 역시 친목을 돈독케 하는 기상일 것이다.

♣ 한자 익히기

吾:나 오, 아들 오　惡:미워할 오, 나쁠 악　愆:허물 건　則:법 칙
變:화할 섭, 불꽃 섭　咨:탄식할 자　氛:기분 나쁠 분
疹:두드러기 진　敦:돈독할 돈　睦:화목할 목

♣ 뜻풀이
*好惡有則(호오유칙):좋아하고 미워하는 것에 일정한 규칙이 있음
*變理(섭리):조화롭게 다스림
*怨咨(원자):원망하여 탄식함
*氛疹(분진):나쁜 병
*敦睦(돈목):친목을 돈독히 함

7
마음을 비워야 본성이 나타난다

심허즉성현　　　불식심이구견성　　　여발파멱월
心虛則性現하나니 不息心而求見性은 如撥波覓月이요,

의정즉심청　　　불료의이구명심　　　여색경증진
意淨則心淸하나니 不了意而求明心은 如索鏡增塵이라.

해석　마음을 비우면 본성이 나타나니, 마음을 쉬지 않으면서 본성을 보고자 하는 것은 마치 물결을 일으키면서 거기에 비친 달을 보려는 것과 같다. 뜻이 맑으면 마음도 맑게 되니, 뜻을 밝히지 않으면서 밝은 마음을 구하는 것은 마치 거울을 보면서 먼지를 더하는 것과 같다.

♣ 한자 익히기
虛:빌 허　性:성품 성　息:쉴 식　撥:헤칠 발　覓:찾을 멱
了:마칠 료, 분명할 료　索:찾을 색　鏡:거울 경

♠ 뜻풀이
*見性(견성):모든 망혹(妄惑)을 버리고 본성을 찾음
*撥波(발파):물을 헤쳐 파도를 일으킴
*了意(요의):밝히다
*明心(명심):밝은 마음
*索鏡(색경):거울을 찾다. 거울을 보다

8
미물도 사랑하고 가엾게 여기는 마음

위서상류반　　　련아부점등
「爲鼠常留飯하고 憐蛾不點燈이라」 하니

고인차등염두　　　시오인일점생생지기
古人此等念頭는 是吾人一點生生之機라.

무차　　　변소위토목형해이이
無此면 便所謂土木形骸而已니라.

해석　'쥐를 위해 늘 밥을 남겨 두고, 부나비를 불쌍히 여겨 불을 켜지 않는다.' 라고 하였으니, 옛 사람의 이런 마음은 우리가 생생하는 기틀이다. 이런 마음이 없으면 이른바 흙이나 나무로 된 형체에 불과할 뿐이다.

♣ 한자 익히기

鼠:쥐 서　留:머무를 류　憐:불쌍할 련　點:켤 점　生:날 생, 익지 않을 생　謂:이를 위　形:형상 형　骸:뼈 해

♣ 뜻풀이

*留飯(유반):밥을 남기다
*點燈(점등):불을 켜다
*生生之機(생생지기):살리기를 좋아하는 마음. 사물이 끊임없이 생기는 기틀
*形骸(형해):형체

9
고요한 경지에 있으면 잊었던 일도 뚜렷해진다

시당훤잡　　　　즉평일소기억자　　　　개만연망거
時當喧雜하면 則平日所記憶者도 皆漫然忘去하고,

경재청녕　　　　즉숙석소유망자　　　　우황이현전
境在淸寧하면 則夙昔所遺忘者도 又恍爾現前하니,

가견정조초분　　　　　혼명돈이야
可見靜躁稍分이라도 昏明頓異也라.

해석 　시끄럽고 복잡한 때를 당하면 평소 기억하던 것도 다 잊어버리게 되고, 맑고 고요한 경지에 있으면 지난날 잊어버렸던 일도 다시 뚜렷하게 생각나니, 고요함과 시끄러움이 조금만 나뉘어도 어둠과 밝음이 판이하게 달라지는 것을 알 수 있다.

♣ 한자 익히기
雜:섞일 잡　憶:기억할 억, 생각할 억　漫:방종할 만, 흩어질 만
夙:이미 숙, 일찍 숙　恍:황홀할 황　爾:너 이, 어조사 이　頓:갑자기 돈

♠ 뜻풀이
*喧雜(훤잡):시끄럽고 복잡함
*漫然(만연):멍청히
*淸寧(청녕):맑고 고요함
*夙昔(숙석):지난날
*遺忘(유망):잊어버림
*恍爾(황이):뚜렷한 모양
*稍分(초분):조금 나뉨
*頓異(돈이):완전히 다름

10
속세를 벗어나는 길은 속세 가운데에 있다

출세지도   즉재섭세중   불필절인이도세
出世之道는 卽在涉世中이니 不必絶人以逃世하고,

요심지공   즉재진심내   불필절욕이회심
了心之功은 卽在盡心內니 不必絶慾以灰心이라.

해석   속세를 벗어나는 길은 바로 세상을 살아가는 가운데 있으니 반드시 인연을 끊고 도피할 필요는 없다. 마음을 깨닫는 공부는 바로 마음을 다하는 가운데 있으니 반드시 욕심을 끊어 식은 재처럼 할 필요는 없다.

♣ 한자 익히기

絶:끊을 절 逃:피할 도 灰:재 회

♠ 뜻풀이
*出世(출세):속세를 벗어남
*了心(요심):마음에 깨달음
*灰心(회심):마음을 재처럼 식힘

11
가을날의 기운은 정신과 육체를 맑게 한다

춘일　　기상　　변화　　　영인심신태탕
春日은 氣象이 繁華하여 令人心神駘蕩이나

불약추일　　운백풍청　　난방계복
不若秋日의 雲白風淸하고 蘭芳桂馥하며

수천일색　　　　상하공명　　　사인신골구청야
水天一色으로 上下空明하여 使人神骨俱淸也라.

해석 봄날은 기상이 변화하여 사람의 마음을 넓고 크게 하지만, 가을날의 흰 구름, 맑은 바람 속에 난초가 아름답고, 계수나무가 향기로 우며, 물과 하늘이 같은 색이 되고 천지에 달이 비추어 사람의 정신과 육체를 모두 맑게 함만 같지 못하다.

♣ 한자 익히기

繁:맑게 할 번, 번거로울 번　駘:넓을 태　蕩:클 탕　秋:가을 추
蘭:난초 난　馥:향기 복　桂:계수나무 계　骨:뼈 골

♠ 뜻풀이
*駘蕩(태탕):마음이 넓고 큼
*水天一色(수천일색):물과 하늘이 맞닿아 한 색을 이룸
*空明(공명):달이 물 속에 떠 있는 것
*神骨(신골):마음과 육체

12
단지 외형으로만 사물을 판단하지 말라

인정　　　청앵제즉희　　　문와명즉염
人情은 聽鶯啼則喜하고 聞蛙鳴則厭하며,

견화즉사배지　　　　우초즉욕거지　　　　단시이형기용사
見花則思培之하고 遇草則欲去之하니, 但是以形氣用事라.

이성천시지　　　　하자비자명천기　　　비자창기생의야
以性天視之하면 何者非自鳴天機며 非自暢其生意也리오?

해석　사람의 마음은 꾀꼬리 소리를 들으면 기뻐하고 개구리 울음소리를 들으면 싫어하며, 꽃을 보면 가꾸고 싶고 풀을 보면 베려고 하니, 이는 단지 형체와 기질로 사물을 구분하기 때문이다. 그러나 본성으로 보면 어느 것이 하늘의 작용에서 스스로 울려 나온 것이 아니며, 스스로 자라나는 뜻을 펴는 것이 아닌가?

♣ 한자 익히기

啼:울 제　培:북돋을 배, 언덕 부　草:풀 초　但:다만 단　暢:통할 창

♣ 뜻풀이

*形氣(형기):형체와 기질
*用事(용사):일을 함
*性天(성천):본래의 바탕. 천성(天性)
*天機(천기):하늘의 작용
*生意(생의):살아 움직임

13
본성의 진리는 변함이 없다

발락치소　　　임환형지조사　　　조음화소　　　식자성지진여
髮落齒疎는 任幻形之彫謝하고, 鳥吟花笑는 識自性之眞如니라.

해 석　머리털이 빠지고 이가 빠져 성글게 되는 것은 거짓 형상의 변화에 맡기고 새들이 노래하고 꽃의 웃음에서 본성의 변함없는 진리를 알 것이다.

♣ 한자 익히기

髮:터럭 발 齒:이 치 疎:성길 소 彫:시들 조, 새길 조
謝:사례할 사, 사양할 사, 끊을 사 笑:웃을 소

♠ 뜻풀이
*齒疎(치소):이가 빠짐
*幻形(환형):거짓 형상
*彫謝(조사):시들어 변함
*自性(자성):자연의 본성
*眞如(진여):절대적이고 평등한 진리

14
탐욕이 가득한 사람은 산 속에서도 고요함을 모른다

욕기중자 　파비한담 　산림 　불견기적
欲其中者는 波沸寒潭하여 山林도 不見其寂하고,

허기중자 　양생혹서 　조시 　부지기훤
虛其中者는 凉生酷暑하여 朝市에 不知其喧이라.

해석 탐욕이 가득한 사람은 차가운 연못에 물결이 끓어오르듯하여 산림 속에서도 그 정적을 느끼지 못하고, 마음이 비어 있는 사람은 무더위 속에서 서늘한 기운이 생기는 듯하여, 시끄러운 저자 가운데에서도 시끄러움을 모른다.

♣ 한자 익히기

沸:끓을 비, 용솟음칠 불　酷:혹독할 혹　暑:더위 서

♠ 뜻풀이

*欲其中(욕기중):욕심이 마음을 채움
*波沸(파비):물결이 끓어오름
*寒潭(한담):차가운 연못
*凉生酷暑(양생혹서):혹심한 더위에도 서늘한 맛이 생김
*朝市(조시):조정과 시장. 사람이 많은 곳

15
자연을 가만히 바라보라

염롱고창   간청산록수탄토운연   식건곤지자재
簾櫳高敞하고 看靑山綠水吞吐雲煙하면 識乾坤之自在하며,

죽수부소   임유연명구송영시서   지물아지양망
竹樹扶疎에 任乳燕鳴鳩送迎時序하면 知物我之兩亡이라.

해석   발 드리운 문을 높이 열고, 푸른 산과 맑은 물이 구름과 안개를 삼켰다 뱉었다 하는 광경을 보노라면 천지의 자유 자재함을 알게 되고, 대와 숲이 우거진 곳에서 새끼 치는 제비와 우는 비둘기가 계절에 따라 가고 오는 것을 보면 사물과 나를 모두 잊게 된다.

♣ 한자 익히기
綠:푸를 록 吐:토할 토 樹:심을 수 簾:발 렴 櫳:창 롱, 난간 롱
吞:삼킬 탄 敞:열을 창, 넓을 창 乳:젖 유 燕:제비 연
鳩:비둘기 구

♠ 뜻풀이
*簾櫳(염롱):발을 드리운 난간   *高敞(고창):높이 열다
*吞吐雲煙(탄토운연):구름과 안개가 끼었다 걷힘
*扶疎(부소):가지와 잎이 우거짐
*乳燕(유연):새끼 치는 제비
*鳴鳩(명구):우는 비둘기
*送迎時序(송영시서):계절을 따라 가고 오다

16
몸과 마음을 자유롭게 하는 경지

고덕　　운　　　　　죽영소계진부동　　　　　　월륜천소수무흔
古德이 云하되「竹影掃階塵不動이요, 月輪穿沼水無痕이라」하고,

오유　　운　　　　　수류임급경상정　　　　　　화락수빈의자한
吾儒가 云하되,「水流任急境常靜이요, 花落雖頻意自閑이라」하니,

인상지차의　　　　　이응사접물　　　신심　　하등자재
人常持此意하여 以應事接物하면 身心이何等自在리오?

해석　옛날 고승(高僧)이 이르기를 '대 그림자가 섬돌을 쓸어도 티끌이 일지 않고, 달빛이 연못을 꿰뚫어도 물에는 흔적이 없다.' 라고 하였고, 우리 유가(儒家)에서도 말하기를 '물 흐름이 아무리 빨라도 주위는 늘 고요하고, 꽃은 자주 지지만 마음은 스스로 한가롭다.' 라고 했으니, 사람이 항상 이런 뜻을 가지고 사물에 접한다면, 몸과 마음이 얼마나 자유롭겠는가?

♣ 한자 익히기

掃:쓸 소　階:섬돌 계　穿:뚫을 천　沼:늪 소, 연못 소　痕:상처 흔, 흔적 흔　儒:선비 유　頻:자주 빈　持:가질 지

♠ 뜻풀이
*古德(고덕):덕이 높은 승려
*吾儒(오유):유가(儒家)
*應事接物(응사접물):사물에 접함
*何等自在(하등자재):얼마나 자유롭겠는가

17
물질의 속박에서 벗어나라

어득수서　　이상망호수　　조승풍비　　이부지유풍
魚得水逝로되 而相忘乎水하고 鳥乘風飛로되 而不知有風하니,

식차　　가이초물루　　가이낙천기
識此면 可以超物累하고 可以樂天機라.

해석 물고기는 물 속에서 헤엄을 치지만 물이 있다는 것을 잊고, 새는 바람을 타고 날지만 바람이 있다는 것을 모른다. 이런 사실을 안다면 물질의 속박에서 벗어나 하늘의 작용을 즐길 수 있을 것이다.

♣ 한자 익히기
逝:갈 서, 죽을 서　忘:잊을 망　超:뛰어넘을 초　累:여러 루, 얽힐 루　乘:탈 승

♠ 뜻풀이
*物累(물루):외물(外物)로부터의 속박
*天機(천기):천지의 작용

18
나귀를 타고도 다시 나귀를 찾는다면

재취벌　　　　변사사벌　　　　방시무사도인
纔就筏하여 便思舍筏하면 方是無事道人이나,

약기려　　　　우부멱려　　　　종위불료선사
若騎驢하여 又復覓驢하면 終爲不了禪師니라.

해석　뗏목에 올라 곧 뗏목을 버릴 생각을 하는 사람은 곧 도통한 도인이나, 만일 나귀를 타고 다시 나귀를 찾는다면 끝내 도를 깨닫지 못한 선사가 될 것이다.

♣ 한자 익히기

筏:뗏목 벌　驢:나귀 려　喜:기쁠 희　覓:찾을 멱, 볼 멱

♠ 뜻풀이

*就筏(취벌):뗏목에 오름
*纔~便(재변):겨우 ~하니. 문득 ~한다
*舍筏(사벌):뗏목을 버림
*方是(방시)~:바야흐로 ~이다
*無事道人(무사도인):일상사의 얽매임에서 벗어난 도통한 사람.
*騎驢覓驢(기려멱려):나귀를 타고서 나귀를 찾음
*不了禪師(불료선사):진리를 깨닫지 못한 사이비 도인(道人)

19
욕심이 없으면 번민도 없다

흉중   기무반점물욕   이여설소로염빙소일
胸中에 旣無半點物慾이면 已如雪消爐焰氷消日하고,

안전   자유일단공명   시견월재청천영재파
眼前에 自有一段空明이면 時見月在靑天影在波니라.

해 석　욕심이 없으면 모든 번민이 눈 녹듯이 사라지고, 마음이 밝으면 때때로 물 속에 비치는 푸른 하늘의 달을 볼 수 있다.

♣ 한자 익히기

胸:가슴 흉　旣:이미 기　爐:화로 로　焰:불꽃 염　空:빌 공

波:물결 파

♠ 뜻풀이

*半點(반점):약간

*爐焰(노염):화로 속에 타오르는 불꽃

*一段(일단):한 조각

*空明(공명):달이 물 속에 비친 모양. 마음이 밝고 빛남

20
마음은 자연의 섭리를 따른다

당설야월천   심경   변이징철   우춘풍화기
當雪夜月天하면 心境이 便爾澄徹하고, 遇春風和氣면

의계   역자충융   조화인심   혼합무간
意界가 亦自沖融하니, 造化人心이 混合無間이라.

해석 눈 내린 밤이나 달 밝은 하늘을 보면 마음이 환하게 맑아지고, 따뜻한 봄바람을 쏘이면 마음도 또한 저절로 부드러워진다. 그리하여 자연의 섭리와 인간의 심리는 한 데 어울려 틈이 없는 것이다.

♣ 한자 익히기
爾:너 이, 어조사 이 澄:맑을 징 融:화합 융, 녹일 융, 밝을 융
混:섞일 혼

♠ 뜻풀이
*心境(심경):마음 상태
*便爾(변이):문득
*澄徹(징철):맑고 탁 트임
*意界(의계):생각, 뜻
*沖融(충융):부드럽게 융화됨
*造化(조화):대자연의 섭리

채근담

237

21
고요한 자만이 자연을 벗할 수 있다

풍화지소쇄   설월지공청   유정자위지주
風花之瀟洒와 雪月之空清은 唯静者爲之主요,

수목지영고   죽석지소장   독한자조기권
水木之榮枯와 竹石之消長은 獨閑者操其權이라.

해 석 시원한 바람과 꽃, 맑은 눈과 달은 오직 고요한 자만이 그것의
주인이 되고, 물과 나무의 번성하고 메마름, 대나무와 돌의 소멸되고
성장함은 유독 한가한 사람만이 그것을 소유할 수 있다.

♣ 한자 익히기

瀟:맑을 소 洒:깨끗할 쇄 雪:눈 설 唯:오직 유
榮:영화 영, 무성할 영 枯:마를 고

♠ 뜻풀이
*風花(풍화):시원한 바람과 꽃
*瀟洒(소쇄):산뜻하고 깨끗함
*雪月(설월):눈과 달
*空清(공청):깨끗하고 맑음
*榮枯(영고):번성함과 쇠퇴함
*消長(소장):없어지고 자라남
*操其權(조기권):그 권한을 잡음

22
천지는 살리기를 좋아한다

초목　　재령락　　　　변로맹영어근저
草木이 纔零落하면 便露萌穎於根底하고

시서　　수응한　　　　종회양기어비회
時序가 雖凝寒이나 終回陽氣於飛灰라.

숙살지중　　　생생지의　　　상위지주　　　　즉시가이견천지지심
肅殺之中에 生生之意가 常爲之主하니 卽是可以見天地之心이라.

해석　초목이 시들어 잎이 떨어졌는가 하면 곧바로 뿌리에 싹이 돋아나고, 계절이 비록 추워 얼어붙더라도 끝내는 날아오는 재로부터 생동하는 봄 기운이 돌아온다. 그러므로 차가운 살기 가운데도 생성 발육하는 기운이 항상 위주가 되니 이에서 천지의 마음을 알 수 있다.

♣ 한자 익히기

萌:싹 맹 底:밑 저 序:차례 서 肅:엄숙할 숙 殺:죽일 살

♠ 뜻풀이

*零落(영락):시들어 떨어짐
*萌穎(맹영):싹
*時序(시서):계절
*凝寒(응한):얼어붙는 추위
*肅殺(숙살):만물을 시들게 하는 가을의 쌀쌀한 기운
*生生之意(생생지의):만물을 생성발육(生成發育)하게 하는 기운

23
비 개인 후의 산 빛이 더 아름답다

우여　　관산색　　　경상　　　변각신연
雨餘에 觀山色하면 景象이 便覺新妍하고,

야정　　청종성　　　음향　　우위청월
夜靜에 聽鐘聲하면 音響이 尤爲淸越이라.

해 석　비 개인 후에 산 빛을 바라보면 경치가 더욱 새롭고 아름답게 느껴지며, 고요한 밤중에 종소리를 들으면 소리가 더욱 맑고 뛰어나게 들린다.

♣ 한자 익히기

餘:남을 여　新:새로울 신　音:소리 음　響:소리 향　越:넘을 월

♠ 뜻풀이

*雨餘(우여):비가 온 뒤
*景象(경상):경치
*新妍(신연):청신하고 아름다움
*夜靜(야정):고요한 밤
*淸越(청월):맑고 뛰어남

24
총명함을 드러내지 말고 재주를 나타내지 말라

응립여수   호행사병   정시타확인서지수단처
鷹立如睡하고 虎行似病하니 正是他攫人噬之手段處라.

고   군자   요총명불로   재화부령
故로 君子는 要聰明不露하고 才華不逞하니

재유견홍임거적역량
纔有肩鴻任鉅的力量이라.

해석 매는 조는 듯이 서 있고, 범은 아픈 듯이 걸으니 이것이 바로 남을 움켜잡아 먹는 수단이다. 그러므로 군자는 총명함을 드러내지 않고 재주를 나타내지 않아야 겨우 큰 임무를 맡을 역량을 지닌 것이다.

♣ 한자 익히기
鷹:매 응 睡:잠잘 수 虎:범 호 似:같을 사 攫:움킬 확
噬:씹을 서 聰:총명할 총 肩:어깨 견 鴻:기러기 홍, 클 홍 鉅:클 거

♠ 뜻풀이
*如睡(여수):잠자듯이
*似病(사병):병을 앓듯이
*鴻任(홍임):큰 임무
*鉅的力量(거적역량):큰 역량

　조선 선조 때의 최영경(崔永慶)은 학식과 행실이 뛰어난 인물로 벼슬에 뜻을 두지 않은 선비였다. 그런데 자신의 뜻과는 달리 차츰 유명한 사람들이 그의 집에 드나들면서 이름이 세상에 알려지기 시작했는데 그것이 탈이 되었다. 정여립(鄭汝立)의 모반 사건이 일어나자 그의 이름도 그 가운데 끼여 있어 여러 사람들이 구원했으나 목숨을 부지하지 못했다. 임금은 그의 무죄를 밝히는 신하들에게 말했다.

　"산림의 처사(處士)로서 높은 벼슬아치들과 사귀어 이름을 얻고자 했으니, 그런 처사가 어디 있겠는가?"

25
아름답지만 쉬이 지는 것이 담담하면서 오래가는 것만 못하다

<small>도리수염　　　　　하여송창백취지견정</small>
桃李雖艶이나 何如松蒼柏翠之堅貞하며,

<small>이행수감　　　　　하여등황귤록지형렬</small>
梨杏雖甘이나 何如橙黃橘綠之馨冽이리오?

<small>신호　　　농요불급담구　　　　조수불여만성야</small>
信乎라 濃夭不及淡久하며 早秀不如晚成也로다.

해석　복숭아꽃, 오얏꽃이 비록 매우 아름다우나 어찌 푸르른 소나무, 잣나무의 곧은 절개만 하겠으며, 배와 살구가 비록 달지만 어찌 노란 귤, 푸른 귤의 시원한 향기만 하겠는가? 참으로 아름다우면서 쉬이 지는 것이 담담하면서도 오래가는 것만 못하고, 일찍 익는 것이 늦게 익는 것만 못함을 알겠다.

♣ 한자 익히기

桃:복숭아 도 李:오얏 리 松:솔 송 蒼:푸를 창 柏:잣 백

翠:푸를 취 堅:굳을 견 梨:배 리 甘:달 감 綠:푸를 록

馨:향기 형 冽:추울 렬 秀:빼어날 수 晚:늦을 만

♠ 뜻풀이
*松蒼柏翠(송창백취):소나무와 잣나무의 푸르름
*堅貞(견정):굳은 절개
*馨冽(형렬):시원한 향기
*濃夭(농요):아름답지만 일찍 죽음
*早秀(조수):일찍 익음

26
고요하고 담백한 데 인생의 참된 경지가 있다

風恬浪靜中에 見人生之眞境하고,

味淡聲希處에 識心體之本然이라.

해 석 바람이 잠잠하고 물결이 고요한 데서 인생의 참된 경지를 보고, 맛이 담백하고 소리가 드문 곳에서 마음의 참 모습을 알 수 있다.

♣ 한자 익히기

恬:고요할 념 浪:물결 랑 靜:고요할 정 希:바랄 희, 여기서는 드물 희(稀)와 같이 쓰였음 本:근본 본 聲:소리 성

♠ 뜻풀이
*眞境(진경):참된 경지
*心體(심체):마음의 본체
*本然(본연):참 모습

27
좋은 경치는 먼 곳에 있지 않다

득취부재다　　　　분지권석간　　　연하구족
得趣不在多하니 盆池拳石間에 煙霞具足하며,

회경부재원　　　　봉창죽옥하　　　풍월자사
會景不在遠하니 蓬窓竹屋下에 風月自賖니라.

해석 　정취(情趣)를 얻는 것은 많은 것에 있지 않으니 작은 연못과 주먹만한 돌 사이에도 산수의 경치가 갖추어져 있으며, 좋은 경치는 먼 곳에 있지 않으니 쑥대로 엮은 창, 오두막집 아래에도 바람과 달은 스스로 한가롭다.

♣ 한자 익히기

池:연못 지, 물이름 타　拳:주먹 권　間:사이 간　會:모을 회

遠:멀 원　蓬:쑥 봉　窓:창 창　屋:지붕 옥　賖:한가할 사, 멀 사

♠ 뜻풀이

*盆池(분지):작은 연못

*拳石(권석):손으로 잡을 수 있는 작은 돌

*會景(회경):좋은 경치

*蓬窓(봉창):쑥대로 엮은 창

*竹屋(죽옥):대나무로 만든 지붕, 곧 오두막집

28
마음을 맑게 하면 모든 사물에서 배운다

조어충성   총시전심지결   화영초색   무비견도지문
鳥語蟲聲이 總是傳心之訣이요 花英草色이 無非見道之文이니,

학자   요천기청철   흉차영롱   촉물   개유회심처
學者는 要天機淸徹하여 胸次玲瓏하면 觸物에 皆有會心處니라.

[해석] 새의 노래, 풀벌레의 울음소리는 모두 마음을 전하는 비결이요, 꽃잎과 풀빛은 도(道)를 나타내는 문장이 아닌 것이 없다. 배우는 자는 반드시 본 마음을 맑게 하여 가슴을 영롱하게 하면 사물에 부딪힐 때마다 마음에 느끼는 바가 있을 것이다.

♣ 한자 익히기

鳥:새 조 蟲:벌레 충 訣:비결 결 草:풀 초 胸:가슴 흉

玲:찬란할 령 瓏:환할 롱 觸:부딪칠 촉

♠ 뜻풀이
*傳心(전심):마음을 전함
*見道之文(견도지문):천지 자연의 도를 나타내는 글
*天機(천기):본래의 마음
*淸徹(청철):맑고 밝음
*茹納(흉차):가슴속
*玲瓏(영롱):찬란히 빛남

29

글씨 없는 책, 줄 없는 거문고

人이 解讀有字書하고 不解讀無字書하며 知彈有絃琴하고
인   해독유자서   불해독무자서   지탄유현금

不知彈無絃琴하며 以跡用하고 不以神用하니
부지탄무현금   이적용   불이신용

何以得琴書之趣리오?
하이득금서지취

해석 사람들은 글씨가 있는 책은 읽을 줄 알지만 글씨 없는 책은 읽을 줄 모르고, 줄이 있는 거문고는 탈 줄 알지만 줄 없는 거문고는 탈 줄 모른다. 그래서 형체 있는 것만 쓸 줄 알고 정신을 사용할 줄은 모르니, 어찌 거문고와 책의 참맛을 얻을 수 있겠는가?

♣ 한자 익히기

讀:읽을 독, 구절 독 字:글자 자 書:책 서 彈:탄알 탄 絃:줄 현
琴:거문고 금 跡:자취 적

♠ 뜻풀이
*無字書(무자서):글자가 없는 책. 자연의 가르침
*無絃琴(무현금):줄 없는 거문고. 자연의 소리
*跡用(적용):형체를 사용함
*神用(신용):정신을 사용함

30
티끌 속의 티끌, 그림자 밖의 그림자

산하대지　　이속미진　　이황진중지진
山河大地도 已屬微塵이어늘 而況塵中之塵이리오?

혈육신구　　차귀포영　　이황영외지영
血肉身軀도 且歸泡影이어늘 而況影外之影이리오?

비상상지　　무요료심
非上上智면 無了了心이라.

해 석 산하와 대지도 작은 티끌에 속하거늘, 하물며 티끌 속의 티끌이겠는가? 피와 살이 있는 몸뚱이도 물거품과 그림자에 속하거늘 하물며 그림자 밖의 그림자이겠는가? 최상의 지혜가 아니면 마음으로 밝게 깨닫지 못한다.

♣ 한자 익히기
塵:먼지 진 況:하물며 황, 비유할 황 軀:몸 구 泡:거품 포
了:깨달을 료, 똑똑할 료, 끝날 료

♠ 뜻풀이
*塵中之塵(진중지진):티끌 속의 티끌. 곧 세상의 모든 생물
*泡影(포영):물거품과 그림자
*影外之影(영외지영):그림자 밖의 그림자. 곧 명리(名利)를 가리킴
*上上智(상상지):최상의 지혜
*了了心(요료심):확연히 깨닫는 밝은 마음

31
인생은 짧다

석화광중   쟁장경단   기하광음
石火光中에 爭長競短하니 幾何光陰이며,

와우각상   교자논웅   허대세계
蝸牛角上에 較雌論雄하니 許大世界리오?

해석 부싯돌의 불빛 속에서 길고 짧음을 다툰들 그 세월이 얼마나 길며, 달팽이 뿔 위에서 자웅을 겨뤄 본들 그 세계가 얼마나 크랴?

♣ 한자 익히기

爭:다툴 쟁 競:다툴 경, 굳셀 경 短:짧을 단 蝸:달팽이 와

較:견줄 교

♠ 뜻풀이

*石火(석화):부싯돌을 칠 때 일어나는 불. 인간의 짧은 생애를 비유함
*光陰(광음):세월
*蝸牛角上(와우각상):달팽이의 뿔 위. 사람 사는 세상이 좁은 것을 비유함
*許大(허대):얼마나 크겠는가

32
자연 속에서의 고요한 삶

송간변　　휴장독행　　입처　　운생파납
松澗邊에 携杖獨行하면 立處에 雲生破衲하고,

죽창하　　침서고와　　각시　　월침한전
竹窓下에 枕書高臥하면 覺時에 月侵寒氈이라.

해석 　소나무가 울창한 시냇가를 지팡이에 의지하여 홀로 걷노라면서는 곳마다 해진 누더기 옷에서 구름이 일어나고, 대나무 창 아래에서 책을 베개 삼아 누웠다가 깨어나면 달빛이 낡은 담요 위를 비추고 있다.

♣ 한자 익히기
松:소나무 송 　澗:시내 간 　邊:변방 변 　携:끌 휴, 들 휴
杖:지팡이 장 　衲:승복 납 　枕:베개 침 　臥:누울 와 　覺:깨달을 각
侵:침범할 침 　氈:담요 전

♣ 뜻풀이
*松澗邊(송간변):소나무가 울창한 시냇가
*携杖獨行(휴장독행):지팡이에 의지하여 혼자 걸음
*破衲(파납):해진 누더기 옷
*高臥(고와):세상 일을 잊고 편안히 누움
*寒氈(한전):낡은 담요

33
한가할 때에 정신을 맑게 길러야

망처　　불란성　　　수한처　　심신　　양득청
忙處에 不亂性이면 須閑處에 心神을 養得淸하고,

사시　　부동심　　　수생시　　사물　　간득파
死時에 不動心이면 須生時에 事物을 看得破니라.

해석　바쁜 때에 본성을 어지럽히지 않으려면 한가할 때에 정신을 맑게 길러야 하고, 죽을 때에 마음이 동요하지 않으려면 살아 있을 때 사물의 참 모습을 간파해야 한다.

♣ 한자 익히기

忙:바쁠 망, 빠를 망　亂:어지러울 란　須:모름지기 수, 기다릴 수
動:움직일 동　看:볼 간

♠ 뜻풀이
*忙處(망처):바쁠 때
*不亂性(불란성):본성을 어지럽히지 않음
*閑處(한처):한가하게 있을 때
*心神(심신):정신, 마음
*看得破(간득파):꿰뚫어 알다. 간파(看破)

34
시끄러움과 적막이 따로 없다

기적자　　　관백운유석이통현
嗜寂者는 觀白雲幽石而通玄하고,

추영자　　　견청가묘무이망권　　　유자득지사
趨榮者는 見淸歌妙舞而忘倦하니 唯自得之士라야

무훤적　　　무영고　　　무왕비자적지천
無喧寂하고 無榮枯하여 無往非自適之天이라.

해석　적막함을 즐기는 이는 흰 구름과 그윽한 바위를 보고 현묘한 도리를 깨달으며, 영화를 따르는 자는 맑은 노래와 묘한 춤을 보고 권태를 잊으니, 오직 진리를 깨달은 선비만이 시끄러움과 적막이 따로 없고, 번성과 쇠퇴함이 따로 없어, 가는 곳마다 자기 마음에 맞지 않는 곳이 없다.

♣ 한자 익히기

嗜:즐길 기　寂:고요할 적　幽:그윽할 유　妙:묘할 묘　舞:춤출 무
倦:게으를 권　唯:오직 유　喧:떠들썩할 훤

♠ 뜻풀이
*嗜寂者(기적자):고요함을 즐기는 사람
*通玄(통현):현묘(玄妙)한 도리에 통함
*趨榮者(추영자):영화를 따르는 사람
*自得(자득):스스로 마음의 진리를 깨달음
*喧寂(훤적):시끄러움과 적막함
*榮枯(영고):번영과 쇠함　*自適(자적):자기 마음에 맞음

35
자연은 구애받지 않는다

고운   출수   거류   일무소계

孤雲은 出岫하여 去留에 一無所係하고,

낭경   현공   정조   양불상간

朗鏡은 懸空하여 靜躁에 兩不相干이라.

[해석] 산골짜기에서 피어오르는 외로운 구름은 가고 머무르는 것에 전혀 구애받지 않고, 하늘에 걸린 밝은 달은 고요하고 시끄러움을 상관하지 않는다.

♣ 한자 익히기

孤:외로울 고　岫:산굴 수, 산봉우리 수　去:떠날 거

留:머무를 류　係:맬 계　朗:밝을 랑　鏡:거울 경　懸:매달 현

躁:떠들 조, 성급할 조　干:방패 간

♠ 뜻풀이

*孤雲(고운):외로운 구름

*朗鏡(낭경):밝은 거울. 즉 밝은 달

*靜躁(정조):고요함과 시끄러움

*不相干(불상간):서로 상관하지 않음

36
배고프면 밥 먹고 피곤하면 잠을 자라

禪宗에 曰 「餓來면 喫飯하고 倦來眠」이라 하고

詩旨에 曰 「眼前景致口頭語」라 하니 蓋極高는 寓於極平하고

至難은 出於至易하여 有意者는 反遠하고 無心者는 自近也라.

해석 선종(禪宗)에 이르기를 '배가 고프면 밥 먹고, 피곤하면 잠을 잔다.' 라고 하였고, 시지(詩旨)에 이르기를 '눈앞의 경치요, 평범한 말이다.' 라 하였다. 대개 지극히 높은 것은 지극히 낮음에 부쳐 있고, 지극히 어려움은 지극히 쉬운 데서 나오며, 뜻이 있는 자는 오히려 멀어지고, 마음이 없는 자는 절로 가까워진다.

♣ 한자 익히기

禪:중 선 宗:종묘 종, 높일 종 餓:배고플 아 喫:먹을 끽 飯:밥 반
眠:잠잘 면 頭:머리 두, 우두머리 두 蓋:대개 개 易:쉬울 이

♠ 뜻풀이

*禪宗(선종):불교의 한 종파. 불경을 읽지 않고 참선에 의하여 불도를 닦는다
*口頭語(구두어):예사로운 말

37
시끄러운 데 있어도 적막함을 보라

수류이경무성   득처훤견적지취
水流而境無聲하니 得處喧見寂之趣요,

산고이운불애   오출유입무지기
山高而雲不碍하니 悟出有入無之機라.

해석 물은 흘러가도 소리가 없으니, 시끄러운 데 있으면서도 적막함을 보는 취미를 얻어야 하고, 산이 높아도 구름은 피하지 않으니, 유(有)에서 나와 무(無)로 들어가는 기틀을 깨달아야 한다.

♣ 한자 익히기

流:흐를 류 碍:막을 애 悟:깨달을 오

♠ 뜻풀이
*處喧(처훤):시끄러운 데 있음
*見寂(견적):적막함을 봄
*出有入無(출유입무):유(有)에서 나와 무(無)로 들어감

38

진세(塵世)도 고해(苦海)도 마음에서 나온다

세인   위영리전박   동왈   진세고해
世人은 爲榮利纏縛하여 動日「塵世苦海」라 하며,

부지운백산청   천행석립   화영조소   곡답초구
不知雲白山靑하고 川行石立하며 花迎鳥笑하고 谷答樵謳하니,

세역부진   해역불고   피자진고기심이
世亦不塵이요 海亦不苦언마는 彼自塵苦其心爾라.

해 석　세상 사람들은 영화와 명리(名利)에 매여 걸핏하면 '진세(塵世)'니, '고해(苦海)'니 말하면서, 흰 구름, 푸른 산, 흐르는 시내, 서 있는 바위, 반기는 꽃, 우는 새, 나무꾼이 노래하면 골짜기가 응답하는 정경을 모른다. 티끌 세상도 아니요, 괴로운 바다도 아니건만, 저들은 스스로 그 마음을 티끌로 하고 괴로움을 만들 뿐이다.

♣ 한자 익히기
答:대답할 답　謳:노래할 구　彼:저 피

♠ 뜻풀이
*纏縛(전박):구속당함. 속박
*苦海(고해):고통이 많은 세상
*谷答樵謳(곡답초구):골짜기에 나무꾼의 노래가 메아리침